CW01086721

Silvester verbringt der achtzehnjährige Leonhard allein im Haus seiner Eltern. Am Neujahrsmorgen kommt das Leben dann einfach zu ihm: Eine fremde Frau schläft auf dem Boden in der Diele. In der nächsten Nacht schläft Leonhard mit ihr im Gästezimmer. Emilie und Maria hingegen, beide über siebzig, sind unternehmungslustig, wenn auch den Ereignissen auf ihrer Reise in ein tschechisches Kurhotel nicht mehr ganz gewachsen. War es wirklich ein Klavierlehrer, der sie dorthin fuhr, und hat er tatsächlich betrunken die Nacht im Bett zwischen den alten Damen verbracht? In einem Reigen aus elf Episoden erleben Judith Kuckarts Figuren Unerhörtes. Es gibt ihrem Leben eine unerwartete Wendung und dem Leser eine Ahnung, dass alles zusammengehört: Lust und Schrecken, Liebe und Tod, Schuld und Glück.

JUDITH KUCKART, geboren 1959, lebt als Autorin und Regisseurin in Berlin und Zürich. Für ihr Werk wurde Judith Kuckart vielfach ausgezeichnet, u.a. mit dem Annette-von-Droste-Hülshoff-Preis 2012, dem Margarete-Schrader-Preis für Literatur der Universität Paderborn 2006 und dem Deutscher Kritikerpreis 2004. Ihr Roman "Wünsche" stand 2013 auf der Longlist zum Deutschen Buchpreis.

JUDITH KUCKART BEI BTB
Die Autorenwitwe. Erzählungen (73567)
Kaiserstraße. Roman (73621)
Lenas Liebe. Roman (73690)
Der Bibliothekar. Roman (73689)
Wahl der Waffen. Roman (73816)
Die Verdächtige. Roman (73992)
Wünsche. Roman (74740)

Judith Kuckart

Dass man
durch Belgien muss
auf dem Weg
zum Glück

Roman

btb

Sollte diese Publikation Links auf Webseiten Dritter enthalten,
so übernehmen wir für deren Inhalte keine Haftung,
da wir uns diese nicht zu eigen machen, sondern lediglich auf
deren Stand zum Zeitpunkt der Erstveröffentlichung verweisen.

Verlagsgruppe Random House FSC® N001967

1. Auflage
Genehmigte Taschenbuchausgabe Dezember 2017,
btb Verlag in der Verlagsgruppe Random House GmbH,
Neumarkter Straße 28, 81673 München
Copyright © der deutschsprachigen Ausgabe 2015 by
DuMont Buchverlag, Köln
Umschlaggestaltung: semper smile, München
nach einem Entwurf von Lübbeke Naumann Thoben, Köln unter
Verwendung von Motiven von © plainpicture/BY; plainpicture/
Cristopher Civitillo; plainpicture/Millennium/Majid Boroumand
Druck und Einband: GGP Media GmbH, Pößneck
SL · Herstellung: sc
Printed in Germany
ISBN 978-3-442-71555-8

www.btb-verlag.de
www.facebook.com/btbverlag

Für E. K. (beide)

 **LEONHARD**

Auf der Steinterrasse hinter dem Haus versuchte er mit seinem neuen Rennrad im Kreis zu fahren. Es sollte wie Radartistik aussehen, auch wenn keiner zusah. Ein Sonnenuntergang spiegelte sich in den Wolken über dem Haus am Hang. Der winterliche Garten ließ die Sicht frei auf eine eckige, zwei Meter hohe Regenwassertonne unten beim Zaun. Die zwei alten Apfelbäume davor verbargen deren plastikgrüne Hässlichkeit kaum. Im August hatten die Eltern sich deswegen Abende lang auf der Steinterrasse gestritten. Dixiklo, hatte die Mutter geschimpft, aber wegen der Nachbarn leiser gesprochen, als die Korbstühle knarrten. Jetzt standen die Stühle in der Garage. Es war Silvester und Leonhard war allein im Haus. Das war ein wenig traurig, aber nur wenn er daran dachte.

Lad dir doch jemanden ein!

Mal sehen, Mutter.

Irgendwo in der Nachbarschaft spielte jemand Trompete. Leonhard lehnte das Rad gegen die Panoramascheibe des Wohnzimmers, zog die Schuhe aus und ging auf Socken ins Haus. In der Küche kippte er das Fenster zur Straße. Der letzte Bus des Tages fuhr in die Haltebucht schräg gegenüber. Niemand stieg aus oder ein. Als der Bus über den Kreisverkehr in dem Wäldchen verschwand, das Bungalowsiedlung und Stadt voneinander trennte, begleitete ihn ein hoher, pfeifender Ton.

Leonhard studierte im ersten Semester Volkswirtschaft keine dreißig Kilometer von zu Hause entfernt und trug eine Brille. Seit dem Abitur hatte er ein eigenes Auto. Abends fuhr er heim, nicht aus Geldmangel, sondern aus Anhänglichkeit oder vielleicht auch aus Angst, was manchmal das Gleiche ist. In seinem Zimmer stand noch ein Kran aus Legosteinen. Den behalte ich für immer, hatte er gesagt, als die Familie aus Gent hierher nach Stuttgart-Frauenkopf gezogen war. Den behalte ich als Erinnerung an meine Kindheit. Damals war er acht gewesen.

Leonhard setzte Nudelwasser auf, öffnete ein Glas Pesto, und irgendwo zerriss eine verfrühte Silvesterrakete die kalte Dezemberluft. Eine Handvoll Pinienkerne solltest du in den Fertigsugo werfen, das wird dann eine feinere Sache, hatte seine Mutter mit dem Rollkoffer an der Hand am zweiten Weihnachtsmorgen noch gesagt. Im sprudelnden Wasser ließ er die Spaghetti wie ein Bündel Mikadostäbchen auseinanderfallen. Als sie in der Hitze nachgaben, versenkte er sie mit dem Holzlöffel ganz, warf eine Handvoll Salz hinterher, stellte den Küchenwecker, durchquerte die Diele, vollgestellt mit Bücherregalen der Mutter, Krimis doppelreihig, in englischer und französischer Sprache hauptsächlich, und lief auf Socken aus der Haustür zum Gartentor. Im Haus drüben wohnte Fabio, der Versager. Kies drückte sich in Leonhards Fußsohlen. Bald war wieder Sommer.

Im Postkasten lag nur das Managermagazin für den Vater. Zwei alte Damen schoben langsam am Zaun vorüber. Hand

in Hand schnappten sie Luft und spazierten über den Rad-
weg, den in dieser Gegend niemand benutzte. Die eine ging
am Stock, die andere lächelte. *Spätes Glück,* hatte Leonhards
Mutter die Nachbarinnen aus dem Sechzigerjahre-Bungalow
beim Kreisverkehr genannt.

Zwei Stunden später herrschte draußen längst satte Dunkelheit. Drinnen würde morgen der Parmesan ausgehen, wusste
er, als er den Fernseher anschaltete. *Same procedure as every
year,* sagte im ersten Programm ein Dienerfrack mit einem
gebückten Schauspieler darin und trat gegen einen Kamin-
vorleger, gegen den Kopf eines toten Tigers. Der Schauspieler
war bestimmt längst tot und seine lachenden Zuschauer, die
man nicht sah, auch. Leonhard war im Mai achtzehn geworden. Draußen auf der Straße gingen jetzt mehr Feuerwerks-
körper in die Luft, und der Himmel über ihm war längst von
einem rauchigen, schmutzigen Gelb, als auch er Punkt Mitternacht hinten im Garten beim Dixiklo aus ein paar Flaschenhälsen seine einsamen Raketen aufzischen ließ. Die Fla-
schenhälse erinnerten ihn an Ballerinen, warum, wusste er
selbst nicht. Er war nur einmal im Leben in einer Oper gewesen, mit seinem Klavierlehrer, und ins Ballett ging er nie. Er
kehrte, seine leeren Flaschen im Arm, ins Haus zurück, hängte die Daunenjacke des Vaters an die Garderobe und las eine
SMS voller Tippfehler. *Miss you!* Seine Familie grüßte angehei-
tert aus Belgien. Statt zu antworten, lief er, wieder auf Socken, zum Flügel, korrigierte aus Gewohnheit die Höhe des
Hockers und spielte los wie gestern und vorgestern, um immer an den gleichen Stellen zu stolpern. Von Mal zu Mal wurde er langsamer, bis er die Noten nur noch buchstabierte.

Vorbilder, Leonhard?, hatte der Klavierlehrer ihn neulich gefragt. Jung sah er aus, vielleicht, weil er Zopf trug.

Vorbilder?

Mozart vielleicht.

Wenn, dann Boba Fett.

Wer?

Boba Fett.

In seinem schottischen Strickpullover mit dem tranigen Geruch nach Schafwolle war der Klavierlehrer von seinem Stuhl am Flügel aufgestanden.

Boba Fett aus *Star Wars*? Was willst du denn mit dem, der hat ja nicht einmal eine Seele.

Genau, hatte Leonhard gesagt, ich wünsche mir manchmal auch, ich hätte keine.

Wieso denn das?

Der Klavierlehrer war auf und ab gegangen. Es hatte im ganzen Zimmer nach Schottland und Schaf gerochen.

Seele, das ist doch nur eine ewige Schwachstelle, hatte Leonhard gesagt.

Zsss, Mensch Junge!

Der Klavierlehrer, blaue Augen, dunkel wie sein Pullover, hatte über Leonhards Schulter einen Akkord gegriffen.

Schon klar, das Leben kann ab und an und vor allem ab jetzt verlangen, ungestüm gelebt zu werden. Aber deswegen musst du dich doch nicht tot stellen, Leonhard, hatte er gesagt.

Leonhard hob den Kopf und sah über die glänzend schwarze Oberfläche des Flügels hinweg aus dem Fenster. Stadtlichter glitzerten sternengleich über der Hanglage gegenüber. Darüber zuckten Raketen, als sei Kirmes im All. Auch dort, alle reich. Für euch drei Geschwister, so hatte der Großvater letztes Jahr an Weihnachten gesagt, hat doch das Wohnen hier eine ziemlich unbeschwerte Kindheit mit Garten, Straße, Wald, mit Kindergarten, Schule, Fußballplatz gebracht, oder? Alles ist ländlich, alles so nah und die böse Stadt so fern. Die Feststellung des Großvaters hatte nach Abschied geklungen, aber das fiel ihm erst jetzt auf. Leonhard spielte passend zum bunten Silvesterschauspiel im Fensterrahmen einen schwachsinnigen Popsong, bei dem seine Mutter gern den Staubsauger oder anderes Küchengerät anstellte, um ihn nicht hören zu müssen. Keine halbe Stunde später zog er seinen gestreiften Schlafanzug an, putzte sich die Zähne und ließ eine halb leere Spülmaschine laufen. Bevor er hinauf in sein Zimmer ging, löschte er im Haus und draußen das Licht. Damit hatte er alles erledigt, was es an dem Tag zu erledigen gab.

Am Morgen lag die Frau in der Diele.

Er hätte über sie steigen müssen, wenn er in die Küche zu seinen Cornflakes wollte. Auf der untersten Treppenstufe blieb er stehen und zog den Bund seiner Schlafanzughose hoch. Angst machte sich breit. In Horrorfilmen griffen bei so einer Gelegenheit Halbtote nach den Beinen der Lebenden, die es wagten, über sie hinwegzusteigen. War sie tot? Auf der untersten Treppenstufe ging er in die Hocke. Atmete sie noch? Das Haus hatte keine Fußbodenheizung. Fror sie nicht? Warum hatte sie die Schuhe und Socken ausgezogen und trug an drei Zehen Ringe? War das eine Einbrecherin? Seit wann zogen die in fremden Häusern die Schuhe aus und schliefen danach auf frischer Tat ein? War sie eine Streunerin, Borderlinerin, Alkoholikerin, ein Halbmensch mit tierischen Bedürfnissen, ein Etwas oder Wesen, das es hier auf halbem Hang eigentlich gar nicht gab? Aber was gab es hier schon, was sich nicht in Geld umrechnen ließ? Selbst der Bus würde bald abgeschafft werden, der in dem Moment vorm Haus mit seinem hohen Dudelsackdauerton vorüberfuhr, zum ersten Mal etwas Tröstliches an sich hatte und versicherte, die Welt, die Leonhard kannte, gab es da draußen noch. Nur hier drinnen lag eine Frau auf der Seite, in einer dunkelbraunen Cordhose mit einem schwarzen, altmodischen Kleid darüber. Eine froschgrüne Wetterjacke hatte sie als Kissen unter der Wange zusammengerollt. Ihre Hände beteten zwischen den Knien. Ein Paar speckiger, aber solider Wanderschuhe stand in Reichweite neben ihr. Einmal hatte er in London zwischen zwei großen Straßen auf einer verwahrlosten Grünfläche ein Zelt gesehen und vor dem Zelt auch so ein Paar Wanderschuhe. Leonhard hatte angefangen, mit einer winzigen Taschenlampe am Eingang des Iglus aus Polyester herumzukratzen. *Piss off*, hatte eine Frauenstimme gedämpft durch die Haut des Zelts gemurmelt. *Sorry!* In seiner Vorstellung war die Frau im Zelt plötzlich keine Prinzessin mehr gewesen und jung, sondern den verlebten Frauen von der Kirmes ähnlich, die dünn waren wie ihre Zigaretten, die sie an den Schießbuden rauchten. Leonhard schob Nase und Kinn in Richtung Wanderschuhe auf den Terrakottafliesen seiner Eltern. Von dort kam der Geruch nach Gewürzen und Schweiß? War die Frau vielleicht eine Hexe und fähig, die Zusammensetzung von Luft zu verändern, sodass Verbotenes plötzlich ganz natürlich wirkte und bisher Selbstverständliches einfach lächerlich? So lächerlich wie er jetzt, der vielleicht selbst nach Socke stank? Leonhard drückte die Nase zur Achselhöhle. Er roch wie immer nach dem Weichspüler seiner Mutter, ganz klar. Also stank die Hexe. Aber wie war sie hier hereingekommen? Und tot war sie nicht, sie atmete deutlich. Starben Hexen überhaupt? Und was wäre schlimmer, wenn sie die Augen jetzt aufschlüge oder wenn sie sie für immer geschlossen hielte? Begriffe holperten durch seinen Kopf wie Töne auf der Tonleiter eines Klavierschülers im ersten Monat. War sie ein Notfall, Kriminalfall, ein Fall für Kirche und Caritas oder nur ein Zufall? Rief er jetzt besser die Polizei oder seine Eltern an?

Leonhard stützte die Hände auf die Knie und beugte sich vom Rand der untersten Treppenstufe aus vor. Wind kam auf. Jetzt hockte er am Rand einer Klippe. Seine Zehen krallten sich an der Stufenkante fest und erbleichten. An dieser Stelle fiel die Küste steil ab ins Meer. Leonhard hielt den Atem an und schloss den obersten Knopf seiner gestreiften Schlafanzugjacke gegen den Sturm.

Ich weiß, dass ich hier etwas mache, aber nicht, was, hatte Leonhard gedacht, als er im Sommer die Studienunterlagen aus dem Netz heruntergeladen und am Computer ausgefüllt hatte, ohne eine Vorstellung davon, wie die Uni von innen aussah, für die er sich entschied. Ein unterirdisches Arrangement aus Beton, Deckenstrahlern, Holztischen auf dünnen Metallbeinen, gebrauchten Kaffeebechern und blütenlosen Topfblumen, und immer alles in der Nähe der Toiletten, hatte er vermutet. So falsch war seine Vorstellung von den kommenden drei oder vier Jahren seines Lebens gar nicht gewesen, sah er am ersten Tag. Sein Vater war Manager bei einem großen Pharmakonzern und freitags Rotarier im Interconti beim Bahnhof, falls er nicht auf Geschäftsreise war. Dort traf er sich bei Salat und Kaffee mit Fernsehmoderatoren in zu engen Anzügen und Damen mit perfekten Zahnimplantaten. In den Achtzigern hatte der Vater im Hörsaal noch gestrickt. Leonhards Mutter hatte einen langen Hals, auf dem sie ein schmales, bei bestimmtem Licht fast schönes Gesicht herumbalancierte. Sie arbeitete nicht. Leonhard sah dem Vater ähnlich. Am Ende der elften Klasse hatte er einen Aufsatz über die obszönen Ausmaße der ungerechten Verteilung von Gehältern in großen Unternehmen geschrieben, in denen CEOs vierzigmal so viel verdienten wie die ihnen unterstellten Mitarbeiter. Sehr gut, hatte der Lehrer das Referat benotet und in Klammern vorgeschlagen, er solle doch vielleicht Journalist werden. Journalist? Besser nicht, hatte der Vater gemeint, solange du wie in deiner vorletzten Hausarbeit über den Zweiten Weltkrieg *Auschwitz* falsch schreibst, solltest du lieber was mit Wirtschaft machen, Sohn.

Sachte richtete sich Leonhard auf der untersten Treppenstufe auf und kletterte auf Zehenspitzen über die Frau hinweg. *Wenn ich mich niederlege, geh über mich hinweg.* Wer sang das Lied zum Klavier noch mal? Sie atmete jetzt tiefer, merkte er bei der Gelegenheit. Seine Füße zögerten kurz neben den ihren. Er zog wieder den Bund seiner Schlafanzughose höher. So machte es sein Vater, wenn er frühmorgens eine Entscheidung traf. Diese Frau war keine Streunerin, beschloss Leonhard, die Nägel waren dafür zu kurz geschnitten und zu perfekt in einem Ton lackiert, der an Aprikose erinnerte.

Er ging in die Küche. Eine Telefonnummer und *Kuss, Mutti!* stand auf dem gelben Zettel am Kühlschrank, magnetfixiert zwischen Familienfotos und Porträtaufnahmen von

Mutters Katze, die im Herbst überfahren worden war. Leonhard löste den gelben Zettel vom Kühlschrank: Vorwahl für Belgien, Nummer von einem Ferienhaus, das er nicht kannte. Trotzdem sah er die Familie dort sitzen, und über dem Frühstückstisch ein Licht wie helle Seide, während sie ihre Cornflakes einweichten für ein spätes Frühstück. Die Schwestern, noch im Pyjama, sprachen wie immer zu laut. Wie er die beiden auf einmal mochte. Er mochte sie immer, wenn sie nicht da waren. Mit großem Schwung zog er die Gardine vorm Küchenfenster beiseite. Auf der leeren Fahrbahn liefen zwei Jogger, die Frau mindestens fünf Meter hinter dem Mann und mit roten Backen. War die Frau in der Diele über die Garage und von dort weiter über die niedrige grüne, feuerfeste Seitentür ins Haus gekommen? Hatte er beide Türen zur Straße hin nicht abgeschlossen, gestern, als er noch einmal beim Briefkasten gewesen war? Nein, diese Sache war auf keinen Fall eine Familienangelegenheit. Der Entschluss, keine Meldung in Belgien zu machen, erleichterte und erregte ihn. Auf der Straßenseite gegenüber traten jetzt zwei Frauen mit zwei Besen unter der Führung von Fabio auf. Sie kehrten die vergangene Nacht zu einem Larvenhaufen von abgebrannten Feuerwerkskörpern zusammen. Fabio war fünfzehn Jahre älter als Leonhard und wohnte unter Aufsicht seiner verwitweten Mutter noch immer im Elternhaus, im Moment mit neuer Freundin und drei Kindern von seiner alten. Fabio hatte keinen Beruf, sondern einen Verleih für Musikanlagen, untergebracht in einer Doppelgarage neben dem Gartenaufgang. Wer wollte schon wie Fabio sein, wer wollte wie Fabio enden? Vielleicht war es an der Zeit, selber einmal etwas unvermeidlich Richtiges zu tun?

Leonhard setzte Wasser auf, holte löslichen Kaffee aus dem Hängeschrank und zwei Tassen.

Ich bin nicht schmutzig, ich bin nur müde, sagte die Frau, richtete sich auf und schob den Hintern rückwärts, bis sie gegen das Bücherregal mit den Paperbacks der Mutter stieß und sich dort anlehnen konnte. Was war eindrücklicher? Das Tiefblau ihrer Augen? Die dicken Brauen? Die zwei Falten dazwischen, Furchen wie bei einem Mann, der in die Kamera raucht und gedankenvoll dabei aussehen will? Furchen wie bei einem modernen Schriftsteller.

Die Frau holte eine Bürste aus einem ihrer Wanderschuhe. Ihr Haar war nicht blond und nicht grau.

Du siehst irgendwie aus wie Dieter Thomas Heck, als der noch jung war. Bist du mit Dieter Thomas Heck verwandt? Oder mit einem Hasen?

Nein, mit meiner Familie. Wir wohnen hier, und deswegen geht das nicht.

Was?

Sich kämmen, hier in der Diele.

Die Frau lächelte und kämmte sich. Leonhard setzte sich auf die unterste Treppenstufe und schob ihr eine Tasse Kaffee hin. Durch seinen Kopf flitzte der strubbelige Terrier von gegenüber, der Köter von Fabios neuer Freundin, der ihn bei jeder Begegnung anbellte, als hätte Leonhard ihn schon mal gebissen.

Du bist allein?

Heute, ja, und morgen auch noch. Möchten Sie vielleicht eine Bulette zum Kaffee? Ich habe noch welche im Kühlschrank.

Du bist bestimmt ein ganz Lieber.

Ja, richtig, er war ein ganz Lieber, das sagten die Nachbarn auch immer, wenn er seiner Mutter den Wäschekorb auf die Terrasse hinterhertrug und ihr die nassen Socken zum Aufhängen anreichte. Die Frau hob die Hand, als wolle sie ihm über den Kopf streichen.

Kannst du auch Auto fahren, mein Hase?

Jetzt bloß nicht rot werden, dachte Leonhard, wurde rot und sagte: Der rote Polo in der Garageneinfahrt gehört mir. Hat mir mein Großvater geschenkt. Er zog den Autoschlüssel aus der Gesäßtasche seiner Jeans. Die Frau griff in den Ausschnitt ihres altmodischen Kleids und holte zwischen ihren Brüsten ebenfalls einen Schlüssel hervor, einen nummerierten, mit doppeltem Bart.

Schau mal, sagte sie, und er versank in ihren blauen Parmaveilchenaugen, die ganz weit hinten von irgendeiner ihm unbekannten Dunkelheit gesättigt zu sein schienen.

Wie sind Sie hier reingekommen?

Sag Du, und frag lieber, warum ich hier hereingekommen bin.

Warum?

Draußen ist Winter, und ich hatte keine Streichhölzer mehr. Apropos, darf man hier rauchen?

Nein.

Ich bin aber alt genug, um zu machen, was ich will.

Nein.

Was denkst du denn, wie alt ich bin?

Alt, wollte er sagen, vierzig vielleicht, weil seine Mutter gerade vierzig geworden war.

Fünfunddreißig, wisperte er.

Ist das nicht alt?, wisperte sie zurück.

Nein.

Ab wann ist man dann alt?

Man ist alt, wenn man stirbt.

Wie heißt du eigentlich?

Leonhard.

Was für ein Name, sagte sie.

Ein leiser Regen fiel, dessen Farbe er nur an der Bewegung erkennen konnte. Leonhard überholte mit seinem roten Polo die Straßenbahn stadteinwärts. Ob er das große A für Anfänger von der Heckscheibe hätte abmachen sollen, bevor sie es sah? Ob er sie im Haus hatte allein lassen dürfen? Das Zimmer im Keller hatte er ihr angeboten, damit sie sich nicht katzenhaft überall hinlegen und haaren konnte. Gästezimmer, hatte er gesagt, das Fenster aus geriffeltem Glas gekippt und die Heizung darunter höher gedreht. Sie hatte sich auf das Sofa gesetzt, das sich zu einem schmalen Doppelbett ausziehen ließ. Sie würde es nicht aufschlitzen, sicher nicht, und sicher würde sie auch nicht auf die Idee kommen, mit dem neuen Beamer oder dem zwölfteiligen Zwiebelmuster von Tante Helma einschließlich Saucière abzuhauen. Die Tapete im Gästezimmer würde sie auch nicht abknibbeln oder ihren Namen mit Kuli und Datum dort verewigen. Bargeld war nirgendwo im Haus versteckt. Aber sie würde nicht aus Geldgier, sondern aus Neugier wieder nach oben gehen, Wohn- und Esszimmer inspizieren, dann die Küche, ein oder zwei von den selbst gebackenen Plätzchen der kroatischen Putzfrau essen, die einmal in der Woche alles und auch die Bürste der Mutter reinigte und das Knäuel toter Haare mit bloßen Händen in die Tasche ihrer Kittelschürze steckte. Sie würde vielleicht noch einen löslichen Kaffee kochen und sich auf die Zehenspitzen stellen, während sie auf das Sprudeln des Wassers wartete, um draußen auf der Straße den Bus vorüberfahren zu sehen. Würde mit dem hohen Dudelsackdauerton im Ohr eine Treppe höher in die Zimmer der Schwestern gehen, um deren Mädchenunordnung, die Bücher, Tücher, Ohrstöpsel, die Sandaletten, Stoffblumen, Schälchen mit gesalzenen Mandeln und pastellfarbige Schminke gegen frühes Leid zu sehen. Sie würde in sein Zimmer gehen, das hinterste im oberen Stock. Unter dem Bett stand der alte Plattenspieler seiner Mutter, und unter dem Fenster im Regal hatte er sorgfältig seine vielen Socken in eine ausrangierte Holzkiste für Wein einsortiert. Leonhard war Jungfrau. Um genau zu sein, war Leonhard doppelt Jungfrau. Für sein Sternzeichen kann keiner was. Gegen Zustände, Erfahrungsrückstände ließ sich etwas machen. Leonhard arbeitete daran, doch gegen was für einen Namen arbeitete er an. Leonhard, so hieß ein Schutzpatron für Viecher.

Beim Bahnhof parkte er auf dem Stück Niemandsland zwischen den zwei Riesenbaustellen, die die Stadt als Parkplatz auswies und von einem Rentner in Bretterbude bewachen ließ. Keine zehn Minuten später zog Leonhard einen alten Samsonite-Koffer mittlerer Größe, schwarz und an den Rändern aus den Fugen, zum Auto. Das Innenfutter drückte sich an den Nähten nach außen wie Rosshaar aus einer geplatzten Matratze.

Als Leonhard auf das Schließfach 227 zugegangen war, hatten sich seine Handflächen seifig angefühlt. Konnte es nicht sein, dass in wenigen Sekunden, sobald er den nummerierten

Schlüssel mit doppeltem Bart im Schloss umdrehte, eine fremde Hand sich schwer auf seine rechte Schulter legen und eine zweite, eine weibliche vielleicht, die kalte Mündung einer Waffe an seine linke Schläfe drücken würde? Polizei. Ausweis bitte. Sie blond und jung, er mittelalt, Dreitagebart und Bauchansatz unter dem Blouson für Zivilbeamte, und auf beiden Gesichtern diese professionelle Gleichgültigkeit, die verriet, um sechzehn Uhr ist Feierabend. Sicher hatte die Angelegenheit, in die er wegen der fremden Frau geraten war, mit Drogen zu tun oder einem Mord, von dem er, Leonhard, noch nichts, dafür aber sicher sein Großvater, der auch Leonhard hieß, vor Tagen oder Wochen oder einem Jahr bereits in der Zeitung gelesen hatte. Doch nichts von alledem. Ein leerer Pappbecher für *Coffee to go* hatte vor dem Schließfach gelegen, mit einer Spur von Lippenstift am Rand. Aus dem Schließfach nebenan hatte ein spanisch aussehendes Paar eine Computertasche geholt, und die Frau hatte sich umständlich eine dickere Hose angezogen. Eine Taube war zu Fuß vorbeigekommen, hatte innegehalten, den Kopf von der einen zur anderen Seite gedreht und Leonhard betrachtet, mit jeweils einem Auge. Wahrscheinlich hielt die ihn auch für einen Hasen.

Aus dem Kassenfensterchen des Rentners kam ein Weihnachtslied, als Leonhard seine Parkgebühr zahlte. Gutes neues Jahr, nickte er mit der gleichen aufmerksamen Unaufmerksamkeit in Stimme und Ton wie sein Vater, der auf alten Fotos noch Haare hatte.

Was für ein später Mittag. Fast war schon wieder frühe Nacht. Kein Schnee fiel. Ein Flugzeug flog lautlos und hoch am Himmel. Bei Schnee hätte er es besser hören können.

Leonhard fuhr die Strecke durch den dunklen Mittag zurück. Während im Radio die Vierzehn-Uhr-Nachrichtensprecherin mit ausgeglichener Stimme etwas von Unruhen und Toten erzählte, ging die Verhaftung, die nicht stattgefunden hatte, noch einmal durch seinen Kopf: Polizei, Ausweis bitte, danke, langer Blick aufs Passbild, kürzerer Blick in sein Gesicht, noch kürzer der, den die Blonde und der Bauch miteinander wechselten, Ausweis zurück, danke: Sie können weiterhoppeln.

Kurz hinter der Straßenbahnhaltestelle, wo man ins Viertel am Hang einbog, hielt er an und öffnete die Heckklappe. In seiner Hosentasche klingelte die Melodie von *Der dritte Mann*. *Papa* stand auf dem Display.

Alles in Ordnung bei dir, Leonhard?

Da lag der Koffer. Die Metallzipper des Reißverschlusses waren durch Packzwirn ersetzt.

Leonhard?

Ja, hier.

Hat es geschneit, musstest du streuen?

Nein.

Ist die Straße sehr schmutzig von der Böllerei, haben die Nachbarn Feuerwerk gemacht?

Nein.

Auch Fabio nicht?

Kaum, nein.

Aber jetzt tut es dir schon leid, dass du nicht mitgefahren bist, oder?

Weiß nicht, ich glaube nein. Behutsam zog Leonhard die Zwirnschlaufe über vier Ecken und öffnete den Koffer.

Ich erkenne am ersten Tag des Jahres deutlich etwas Neues an dir, Sohn. Der Vater lachte: Nämlich die Fähigkeit, Nein zu sagen.

Ein Laptop, ein altes Handy, ausgeschaltet, ein Kopfkissen, weiß bezogen, eine Teekanne, Trainingszeug, Sportschuhe, eine bunte Hose aus großen quadratischen Designerflicken, ein Herrenregenmantel, zwei T-Shirts, eins mit *NADA PRADA* bedruckt, drei Lippenstifte in einer Apothekentüte, noch eine Haarbürste, ein Korkenzieher, Müsliriegel, eine Wärmflasche, eine Flasche Wodka …

Hallo, Sohn?

… eine Stange Zigaretten …

Freust du dich eigentlich, wenn wir wiederkommen, Sohn?

… und ganz zu unterst …

Sohn?

… eine grüne Polizeiuniform.

Freust du dich?

Ein verspäteter Silvesterknaller, der die kalte Luft drüben beim Wäldchen zerriss, ersparte Leonhard die Antwort. Die Detonation klang, als könnte es bis zum Abend noch Verletzte geben.

Als sie ihm die Tür öffnete, hatte sie das schwarze Kleid ausgezogen und trug nur noch die Cordjeans, darüber ein Männerunterhemd, geflickt, aber sauber, das sie unter einer alten braunen Pelzjacke von Tante Helma, die längst nicht mehr zu Besuch kam, aus dem Sack für die Altkleidersammlung gezogen haben musste. Der Sack stand seit Anfang Dezember im Gang zwischen Gästezimmer und Waschküche und wartete darauf, abgeholt zu werden.

Danke! Sie strich behutsam und doch neutral mit dem Handrücken über seinen Unterarm, der noch in der Windjacke steckte, und zog den Koffer selbst ins Haus.

Hat lange gedauert.

Ich war noch kurz auf dem Parkplatz da drüben.

Wieso das?

Telefonieren, sagte er, und auf einmal sah er wieder den Mann, der damals an der gleichen Stelle angehalten hatte wie er, als der Parkplatz noch ein Kinderspielplatz gewesen war. Der Mann war aus einem ziemlich alten Auto ausgestiegen, einem silbergrauen Volvo. Er hatte alle vier Türen sowie den Kofferraum seines Wagens geöffnet und Musik eingelegt. Laut, sehr laut war das gewesen und schon so lange her. Der Mann hatte sich auf dem leeren Spielplatz auf eine Schaukel gequetscht und geschaukelt, die Hände vor dem Gesicht. Noch nie hatte Leonhard einen so traurigen Mann gesehen, der für solch eine Gelegenheit auch gleich die richtige Musik dabeihatte.

Bist du eigentlich von der Polizei? Er schaute sie an und lieh sich die Strenge seines Vaters dafür aus. Sie war so unverschämt schön, dass er eine Sekunde lang vergaß, dass er hier wohnte.

Hast du in den Koffer geschaut?

Eine Göttin fragte das, die ein Zufall oder ein Missverständnis ins Haus seiner Eltern gespült haben musste. Wie alt mochte sie sein? Ihr Haar, gewaschen und Seegras jetzt, stieß feucht auf ihre Schultern und rahmte das Gesicht ein. Bisher hatte er über das Alter von Mädchen, aber nie über das von Frauen nachgedacht. Sie war die erste Frau, die erste richtige Frau, der er bislang begegnet war. Du solltest mal den Kranz da draußen abnehmen, sagte sie und meinte den Advents-schmuck mit den vier roten Schleifen außen an der Tür zur Straße. Sieht ja aus, als sei hier jemand gestorben.

Ich glaube, das würde meiner Mutter nicht gefallen.

Glauben, glauben, sagte sie, was heißt hier glauben?

Jeder glaubt an was, sagte er und ahnte, so eine Frau wie diese hier würde er wahrscheinlich nie verstehen.

Stimmt, jeder glaubt an was, sogar die Männer, die Label-los von kleinen Mädchen klauen, sagte sie, und jetzt habe ich Hunger. Sie nahm seine Hand. Ihre Finger fühlten sich schmal und kalt und trocken an.

Am frühen Abend kochte er eine doppelte Portion Nudeln mit Fertigsugo und ohne Pinienkerne. Seine Brillengläser be-schlugen dabei. Dann rieb er den letzten Rest vom Parmesan. Er stellte zwei Rotweingläser auf den Küchentisch und zün-dete eine Kerze an. Ballerinabesuch, dachte er, so war das we-nigstens gestern noch gewesen. Rockmusik aus den Siebzi-gern kam aus dem Keller, als er zum Essen rief. Draußen vor Fabios Garage hielt ein Transporter. Fabio im T-Shirt sprang aus der Fahrertür und schloss auf. Dann redete er laut mit seinem Beifahrer und zündete sich eine Zigarette an, bevor sie anfingen, eine Musikanlage von der dunklen Straße ins neonweiße Licht der Garage zu tragen. Beide waren über dreißig, beide hatten deutlich Spaß, deutlich Bauch, und die Zigarette im Mund war eine Art dritte Hand.

Das ist hier bei euch wie in einer Sekte, sagte sie, als sie zum Essen raufkam, alles beige und grau und verwaschenes Braun. Alles eigentlich nur schwarz-weiß.

Wir sind in keiner Sekte.

Alles, wie in diesem Film *Das weiße Band*. Kennst du den?

Ich geh nicht so oft ins Kino, sagte Leonhard.

Eine Stunde später saß Leonhard noch bei seinem ersten Glas Wein. Sie schüttete sich das dritte ein. Ronja war zehn, wusste er jetzt, trat mit einem Schulranzen und aufgeklebten Engelsflügeln auf dem Rücken und einem Kinderakkordeon vor dem Bauch auf der Straße auf, musizierte. Mutti stand in einiger Entfernung als dumme Auguste dabei und tarnte mit roter Nase, dass sie eigentlich die Aufpasserin war. Ronja verdiente an manchen Nachmittagen so viel wie eine Putzfrau in einer Woche nicht.

Wo ist Ronja jetzt?, fragte er, statt zu sagen: Das tut aber eine von der Polizei nicht.

Bei Tarzan.

Und du bist eigentlich Jane? Klang doch ganz schlagfertig, wie er nach dem Titel eines Films fragte, den er nicht mal gesehen hatte.

Ich dachte, du gehst nicht so oft ins Kino.

Sie lachte, und deswegen war Leonhard stolz auf seine Antwort. Sie hatte gesagt, sie habe letzte Nacht eigentlich nicht ihn, sondern ihre Schwester im neuen Fertighaus unten an der Ecke besuchen wollen. Ausgeflogen, die Gute, hatte die Frau gesagt, also bin ich hier gelandet. Du hattest die Garagentür nicht abgeschlossen, Junge.

So ein Glück! Leonhard trank die Pfütze aus seinem Glas, als würde er eine Maß Bier auf ex trinken. Die Frau, die nach eigenen Angaben mit einem Mann, der auf den Spitznamen Tarzan hörte, ein Wunderkind namens Ronja hatte, stand auf und machte zwischen Herd und Küchentisch einen Kopfstand. Übung eins, sagte sie. Dann stellte sie sich auf die Unterarme und sagte: Übung zwei, auch Ellenbogenstand oder Skorpion genannt. In einem fließenden Übergang ging sie in die Brücke, richtete sich von dort wieder auf in den Handstand, sagte: Übung drei, und das alles sollte man nur machen, wenn man schon mal Akrobatik gemacht hat, und lief auf den Händen zum Küchentisch zurück.

So, jetzt noch einen Schluck Wein, sagte sie, ohne sich zurück von den Händen auf die Füße zu stellen.

Wie denn?

Mit Strohhalm, Junge.

Lernt man das auch bei der Polizei?

Schnüffler! Sie ließ sich auf die Füße zurückfallen. Ihr Kopf war rot. Schatten schoben ihre Wangenknochen höher. Einen Moment lang war es in der Küche so still, dass er die Uhr über der Tür zum Esszimmer ticken hörte. Sie schwankte ein wenig, hatte zu viel getrunken, und die Umkehrstellungen hatten den Rest besorgt.

Ich bin nicht bei der Polizei. Etwas Unklares, Schlaftrunkenes lag auf ihrem Gesicht, während sie versuchte zu lächeln. Ich muss jetzt träumen. Kommst du mit?

Leonhard stand auf und räumte den Tisch ab. Ein brennender Schleier hatte sich um seinen Hals gewickelt. Stellungen … es ihr besorgt, … aber richtig, er war ein Hase und Schutzpatron von anderen Viechern, ein treuer Trabant seiner Eltern, manchmal zwar schlecht gelaunt und deswegen bockig, aber eigentlich brav in der Spur.

Kurz bevor es hell wurde und schon längst Morgen war, wachte er im Gästezimmer auf. Sein Handy hatte gepiepst.

Auf der Fensterbank hatten zwei Kerzen geflackert, bevor er eingeschlafen war. Jetzt waren sie heruntergebrannt. War das Schneeregen, was da gegen die Scheiben schlug? Leonhard tastete auf dem Stuhl neben dem Schlafsofa herum und fand das Handy. *Sie haben Ihre Bonus-Minuten aufgebraucht*, lautete die Nachricht, die ihn aus einem Traum geweckt hatte. Der Rentner in der Bretterbude am Bahnhof hatte plötzlich glattes, aschblondes Haar bis zum Hintern gehabt. Wo geht es denn hier zum Kino?, hatte Leonhard im Traum gefragt. Zum Kino? Der Rentner hatte einen sehr langen Arm ausgestreckt: Immer geradeaus, bis zur nächsten Kreuzung, dann rechts und dann den Baum hoch. Leonhard schob die Finger über die Matratze, bis er ein Männerhemd in der Hand hatte, von dem er wusste, dass es geflickt, aber ziemlich sauber war. Alles andere hatte sich fremd und feucht angefühlt, ganz anders, als er es erwartet und in Filmen gesehen hatte. Aber er selber fühlte sich einmaliger als gestern noch, einmalig wie eine Schneeflocke oder ein Fingerabdruck. Alles okay?, hatte sie ihn zwischendurch immer wieder gefragt, als ginge es um eine gemeinsame Wanderung, die eigentlich noch zu anstrengend für ihn war. Er hatte, auf ihr liegend, an die Trillerpfeife seines spillerigen Sportlehrers gedacht, dessen Krawatte bei der Entlassungsfeier zu lang gewesen war. Leonhard hatte sich an jene Krawatte geklammert, an die Rauten im Muster, rot, blau, grau, hatte er wiederholt, rot, blau grau, das erste Mal mit einer Frau! Sobald die Rauten nicht mehr halfen, fing er an zu beten. Herr, lehre mich warten, Herr, ich arbeite dafür auch ab März mit dem Großvater im Garten. Als sie beide müde geworden waren, hatte sie ihm mit der Linken über das Haar gestrichen, hatte gesagt: Fein, fein, ich schlaf jetzt mal ein.

Die Nummer auf dem Wagendach konnte er auch ohne Brille lesen. U 1 / 325. Er vergaß sie gleich wieder. Das Polizeiauto parkte vor Fabios Garage, als Leonhard spät am Vormittag beim Zähneputzen die Badezimmergardine im ersten Stock beiseitehob. Sicher eine der Routinestreifen, die bei halb privaten Anlässen für die Sicherheit irgendwelcher Konzernchefs hier im Viertel sorgten. Eine Polizistin in Grün lehnte mit dem Hintern an der Fahrertür. Sie winkte. Komm! Er nickte, spuckte ins Becken, spülte, band die Turnschuhe zu und lief zwei Stufen auf einmal nehmend die Treppe hinunter. Er warf die Daunenjacke seines Vaters über und im Dielenspiegel einen Blick auf seinen Seitenscheitel. Ich erkenne deutlich etwas Neues an dir, Sohn. Hatte der Vater so ausgesehen, als er noch Haare hatte? Leonhard griff nach seiner Brille, die seit gestern Abend auf der Kommode unter dem Spiegel lag. Er ging zur Tür. Im Weg stand der Koffer.

Sie, in ihrer grünen Uniform, die aussah, als würde sie kratzen, stand jetzt auf dem Gehsteig vorm Haus. Sie drückte ihm ein Handy in die Hand.

Du machst jetzt ein Foto von mir.

Nein.

An der Bushaltestelle gegenüber, wenige Schritte vom Streifenwagen entfernt, standen in dunklen Wollmänteln die beiden alten Damen aus dem Haus beim Kreisverkehr. *Das späte Glück* schaute skeptisch, ohne sich die Szene auf der anderen Straßenseite erklären zu können.

Doch, du machst jetzt ein Foto von mir mit Streifenwagen im Hintergrund, für den Vater von Ronja.

Tarzan steht auf Mädchen in Uniform?, fragte Leonhard

Sie überquerte die Straße.

Was meinst du wohl, wie schnell der das Kind rausrückt, wenn er mich so sieht! Sie nahm ihre Pose an der Fahrertür des Polizeiwagens wieder ein, aber breitbeiniger als vorhin. Von fern kündigte sich der Bus mit seinem hohen Dudelsackdauerton an. Sie schob die Hände in die Hosentaschen, frech und fordernd.

Schnell, bevor der Bus kommt, rief sie.

Er machte ein Foto, noch eins und noch eins. Sie veränderte die Blickrichtung, dann den Blick. Dann zog sie die Hände aus den Taschen und sah erschrocken aus. Hey Kollegin, rief eine Männerstimme. Leonhard drehte den Kopf. Ein Polizist und eine Polizistin in Streifenuniform kamen auf ihn zu. Aber in einer blauen.

Der Bus, rief die Frau, das Handy, und sie hob die Hände, wie um einen Ball zu fangen.

Los, flehte sie, und Leonhard warf in einem sanften Bogen von unten, sodass sie das Handy gut fangen konnte, bevor der Bus zwischen ihnen hindurchfuhr.

Weit, näher, vorbei.

Der Bus radierte die Frau von letzter Nacht und ihre grüne Uniform weg.

Eine Bekannte von Ihnen?, fragte die Polizistin. Und die Uniform, die war wohl ein verfrühter Faschingsscherz?

War vielleicht eine aus Bayern, da laufen sie ja noch in Grün herum, sagte der Kollege, vielleicht war es auch eine mit Sonderbekleidung für Demos oder Motorrad, was weiß ich. Er holte sein Handy heraus.

Siehst du hier irgendwo eine Demo oder ein Motorrad oder Bayern?, fragte sie, und er gab bereits seine Sprechfunkanfrage durch.

Sie ist nicht aus Bayern, glaube ich, sagte Leonhard und sah zum Eingang des Wäldchens, wo der Bus jetzt verschwunden war. *Das späte Glück* war vorn beim Fahrer eingestiegen, sie hinten. Mit hydraulischem Seufzen hatten sich beide Türen geschlossen. Nicht einmal umgedreht hatte die Frau sich zum Abschied, und Leonhard sagte: Die ist auf jeden Fall nicht richtig von der Polizei.

Was heißt denn hier nicht richtig? Die Polizistin tippte sich an den Kopf. Kann ich mal Ihren Ausweis sehen?

Leonhard blinzelte in den Himmel. Was für ein schöner Morgen. Es war sehr hell, sehr sonnig. Ein Vogel im Flug hielt über ihm, hielt bis in seine glasblauen und so dem Himmel verwandten Flügelspitzen inne. Ein Telefon klingelte aus einem geöffneten Fenster bei Fabio, und als Leonhard die beiden Polizisten ins Haus führte, nahm er im Vorbeigehen den Adventskranz von der Tür.

Ende Januar zog er zu Hause aus und in die Stadt, wo er studierte. Das große A für Anfänger hatte er noch immer auf der Heckscheibe, zur Sicherheit. Er nahm ein Zimmer über einer Tankstelle, wo er auch zweimal die Woche in der Pizzeria kellnerte, die zur Tankstelle gehörte. Dort stand in der Zugluft zum Klo ein verstimmtes Westernklavier, auf dem er seiner Ansicht nach ganz gut spielte. Über dem Klavier hing ein Fliegenstreifen in Kotzgelb. Auch im Winter noch. Nur einmal glaubte Leonhard, sie wieder gesehen zu haben. Im Kino. Sie kam ihm viel älter vor, und im Abspann hieß sie Tilda Swinton.

 SPÄTES GLÜCK

Während sie Richtung Reisezentrum gingen und die Maria trotz Stock neben ihr deutlicher hinkte als gestern noch, hörten sie die Durchsage über Lautsprecher.

Frau Emilie Schrey, Frau Schrey, bitte zum Service-Point.

Was war das?, fragte ein Kind seine Mutter, die es am langen Arm vorüberzerrte.

Ein Reiseruf.

Was ist das?

Was von früher.

Früher, wann war das denn?

Gott, weiß ich doch nicht!

Ich übrigens, sagte die Maria am Stock laut zu Emilie, aber redete zu Mutter und Kind hinüber, ich bin jetzt weit über siebzig und glaube nicht mehr an Gott.

Die Mutter hob die Hand. Ich auch nicht, sagte sie und verschwand mit Kind in der Menge der Reisenden. Die Maria setzte sich auf eine freie Bank.

Es war ein schöner Tag Ende April, der sich wie Juni anfühlte. Jedes Jahr nach Ostern fuhren sie diese Strecke, und jedes Mal war die Lust am Leben wieder da, wenn sie, am Hauptbahn-

hof Dresden angekommen, ins Hoteltaxi umstiegen. *Spring-
time* nannte Emilie das Hochgefühl. Was für ein Jubeln lag in
dem Wort und was für ein Vorrat an Leben in der Luft. Früher war sie Englischlehrerin an einer Mädchenschule gewesen. Was für eine Landschaft, stimmte die Maria bald darauf
mit ein, während sie Richtung Teplice, Richtung tschechische
Grenze fuhren und eine flache Einsamkeit immer hügeliger
wurde.

Was für eine Landschaft vor allem in den Kurven, Emilie!

Im Hotel von Teplice, wo sie Jahr für Jahr ihren Kuraufent-
halt verbrachten, hatten sie immer die gleichen Zimmer und
waren des Nachts nur durch eine Tapetentür voneinander getrennt. Wie ging das Leben zu Ende?

Daheim in Stuttgart-Frauenkopf wohnten sie in einer Bungalowsiedlung auf halbem Hang. Für die Wege ins Zentrum
hatten sie in den letzten drei Jahren immer seltener den Bus
und immer regelmäßiger ein Taxi genommen. Wegen des Wet-
ters, sagte Emilie. Wegen des Alters, wussten beide. Aber am
liebsten einen Ausländer, bitte, hatte eines Tages die Maria am
Telefon zur Frau in der Taxizentrale gesagt.

Warum?

Dann erfahren wir etwas von der Welt.

Seitdem kam immer der gleiche Fahrer. Er war im Iran
geboren. Ali Baba, sagte Emilie. Schah von Persien, sagte die
Maria, und Emilie wurde eifersüchtig. Der Schah von Persien
trug einen schwarzen Anzug und brachte sie beide zum Arzt,
zur Fußpflege, zur Kirche und manchmal zum Friedhof. Im
schwarzen Anzug goss er die Gräber von Emilies Eltern, Bruder, Schwägerin und Cousinen und wartete im Einkaufscen-
ter breitbeinig neben dem breitbeinigen Mann von der Secu-

rity, um die wöchentlichen Großeinkäufe in seinem Taxi zu verstauen. Wenn er dabei lächelte, wie Männer wegen Frauen lächeln, deren Hormonhaushalt noch stimmt, vergaß Emilie in ihrer Aufregung die Eifersucht. Dem ältesten Sohn von Ali Baba gab sie Nachhilfe in Englisch. Maria übte deutsche und französische Grammatik mit ihm. Wenn der Junge nach der Stunde aus der Tür zum Bus gegenüber lief, standen sie beide am Fenster und winkten, als sei es ein Abschied für länger. Schön, hatte Emilie letzte Woche gesagt, der ist so schön, den müsste man vertonen.

Frau Schrey, Frau Schrey, bitte zum Service-Point, es liegt eine Nachricht für Sie vor.

Der Service-Point war in Sichtweite, wenigstens für Emilie. Sie hatte sich im vergangenen Jahr neue Linsen gegen den grauen Star einsetzen lassen. Die Stimme über Lautsprecher hatte ungeduldig und mitleidig geklungen, auf die Art, wie jeder seit Längerem mit ihr und der Maria sprach. Dabei waren sie nicht blöder geworden mit dem Alter. Emilie sah die Maria an, die auf der Bank saß und nicht so aussah, als wolle sie bald wieder aufstehen. Das gefärbte Haar war dünn geworden, die Stimme auch. Außerhalb des Hauses fiel das mehr auf. Die Maria, jetzt eine gepflegte Eidechse, war einmal hübsch und ganz anders als die Kollegen im Lehrerzimmer gewesen. Damals hatte sie noch dieses gewisse Lächeln gehabt, schüchtern und mit abgewandtem Blick, das Emilie anfangs gern nachmachte, bis sie im eigenen Gesicht spürte, wie herablassend und ohne Wärme dieses geborgte Lächeln war. Wem hatte es eigentlich gegolten? Den Kollegen, dem Leben an sich? Die Maria war ohne Eltern aufgewachsen, hatte in einer großen Stadt studiert. Emilie war bis zum Examen in ihrem Kinderzimmer in Heidelberg wohnen geblieben. Die Maria hatte längere Zeit Zirkuskinder unterrichtet und war in einem alten Hanomag in der Karawane der Wohnwagen mitgereist. Später hatte sie an einer Jungenschule gearbeitet. Wegen ein paar obszöner Zeichnungen in der Raucherecke, unter denen Fotzenmaria gestanden hatte, war sie zu Emilies Mädchenschule gewechselt. Ach, wie die Maria damals noch den Handstand gemacht hatte, gegen jede Zimmertür. Emilie hatte so, lange bevor es zum Äußersten kam, den Zwickel von Marias Strumpfhose gesehen und sich geschämt, als wäre es ihrer.

Frau Schrey, Frau Schrey, rief es über Lautsprecher. Irgendwo spielte jemand Akkordeon.

Warum setzt du dich nicht, Fräulein Schrey?, und: Nicht, dass schon wieder jemand gestorben ist, sagte die Maria. Dass wir aber auch kein Handy haben!

Ein Priester lief nervös vorüber und bekleckerte sich mit einem Fischbrötchen. Emilie sah ihm nach. Ja, der Tag war nicht mehr fern, an dem eine von ihnen beiden über den eigenen Schatten fallen würde. Wer zuerst? Die Maria klopfte mit ihrem Stock auf den Boden vor sich. Ja bin ich denn ein Hund?, sagte Emilie, ließ sich aber trotzdem mit steifen Knien neben sie fallen und schob die Nase in Marias Haar. Pino Silvestre hieß das Parfum, das in Frankreich Männer und in Deutschland wohl nur die Maria benutzte.

In Hamburg lebten zwei Ameisen, sagte Emilie leise in den vertrauten Geruch hinein, die wollten nach Australien reisen, bei Altona auf der Chaussee, da taten ihnen die Beine weh. Und da verzichteten sie weise dann auf den letzten Teil der Reise.

Jetzt fang bloß nicht wieder mit dem Sterben an, sagte die Maria.

Manchmal hatte Emilie sich vorgestellt, die Maria hätte es schon in ihrer Jugend gegeben. Sie hätten gemeinsam die Tanzstunde besucht, aber die im Fernsehen, wo man an jenen fernen Samstagnachmittagen der Sechzigerjahre den Twist umsonst hatte lernen können. Emilie hatte sich vorgestellt, die Maria hätte bei den ersten Schritten gerufen: Wunderbar, dafür braucht man gar keinen Mann! Emilie hätte die Brille abgenommen und den Teppich zusammengerollt, während Maria, Mitte zwanzig, langes, offenes Haar und mager wie eine Sechzehnjährige, auf den frei gelegten Holzdielen mit ihrer Körpermitte bereits kreiste, heftiger, als Emilie es je gekonnt hatte. Dafür konnte Emilie mit den Fingern schnipsen, laut wie ein Mann. *Let's twist again!*, rief sie, dann rief es auch der Mann im engen Anzug aus dem Fernseher. *Let's twist again!* Die Maria begann mit den Knien zu schlottern, dann mit den Schultern. Emilie machte es ihr nach auf den Dielen, wo sonst ein Teppich lag. Das Holz war dunkler und glänzender dort. Der Mann auf dem Bildschirm hüpfte ohne Jackett zu einer Frau herüber, die die Haare getürmt trug wie Farah Diba. Er ging in die Rückbeuge und mit seinen Knien vorneweg unter einem Stock hindurch, den die Frau mit der Turmfrisur waagerecht auf der Höhe ihrer schönen Hüften hielt. Sie lächelte dabei, wie Frauen lächeln, wenn ihr Hund öffentlich sein Geschäft macht. Der Mann lächelte, als schöbe er sich zwischen den gespreizten Beinen der Frau hindurch. Emilie holte einen Besen mit Stiel. Ruhig noch tiefer mit dem Ding, sagte die Maria und ging in die

Rückbeuge. Die Spitzen ihrer offenen Haare berührten den Holzboden. Dann griff sie nach einem der beiden Limonadengläser mit Strohhalm und aufgespießter Kirsche. Chin-Chin, sagte Emilie. Zirkus-Zirkus, sagte die Maria und stellte beim Trinken ihre kleinen Füße in den Nylons nebeneinander.

… zum Service-Point bitte. Der junge Mann hinter dem Schalter bog das Mikrofon unwillig beiseite. Das war sein letzter Versuch gewesen. Emilie stand auf und ging mit steifen Knien zu ihm hinüber. Hier, hier bin ich! Ihr Finger schnellte in die Luft wie in der Schule. Die Maria folgte. Emilie konnte das Knarzen der orthopädischen Schuhe und das Tocktock des Stocks in ihrem Rücken hören.

Schrey Ihr Name? Der junge Mann spielte mit einem goldenen Knopf im Ohrläppchen. Kuscheltiere von der Firma Steiff, hatten die nicht auch so einen Knopf im Ohr und galten die deswegen nicht als besonders echt? Aber echt, was war das heute noch? Der Kleine von Ali Baba sagte *echt* an der Stelle, wo am Satzende ein Fragezeichen hingehörte, und meinte damit: Ist doch wohl nicht wahr!

Der junge Mann mit dem Knopf im Ohr sagte: Der Shuttle Ihres Hotels in Teplice fährt heute nicht, soll ich ausrichten. Aber Sie können ein Taxi nehmen und die Quittung der Rezeption vorlegen.

Danke, sagte Emilie, danke für Ihre Geduld, sehr freundlich von Ihnen.

Kein Thema, sagte der junge Mann.

Thema? Welches Thema?, fragte Emilie. Habe ich da etwas nicht mitgekriegt?

Sie schaute sich nach der Maria um. Plötzlich war sie müde,

und mit der Müdigkeit kam ein Gefühl, das versuchte, keins zu sein. Ich habe mal wieder das Wichtigste vergessen, dachte sie, aber konnte sich nicht erinnern, was das Wichtigste war. Vielleicht ein Medikament, das noch daheim auf dem Küchentisch lag? Maria, sagte sie leise, Maria, es schneit in meinem Kopf. Ob nicht eigentlich die Maria das Wichtigste war, auch wenn sie nicht auf dem Küchentisch lag?

Ich habe Ihren Namen gehört, sagte da eine Stimme dicht neben Emilie. Wenn Sie mögen, kann ich Sie nach Teplice fahren.

Als sie hochschaute, sah sie, dass die Stimme zu einem Mann gehörte, der ihr auf den ersten Blick jung und auf den zweiten bekannt vorkam. Er hatte ihr vor Jahren das Klavier abgekauft, als die Maria mit ihrem kleinen Flügel bei ihr eingezogen und für zwei Instrumente in dem kleinen Haus am Hang nicht genügend Platz gewesen war.

Emilie ertappte sich dabei, dass sie mit den Händen schlackerte, als hätte sie sich an der Nähe des jungen Mannes verbrannt.

Seine Haare waren zu einem Zopf zusammengebunden. Die Koteletten kamen ihr breit und verwegen vor. Wollte er demnächst in einem Film mitmachen oder woanders erfolgreich sein? Bach, Skrjabin, Britten, Beethoven, die alle konnte er auf jeden Fall perfekt spielen. Hatte er alle auf ihrem Klavier ausprobiert, bevor er es gekauft hatte, ohne über den Preis zu verhandeln. Sein Name allerdings war in eine unauslotbare Tiefe gefallen. Die Maria hatte wegen ihm Streit angefangen. Warum, wusste Emilie nicht mehr. Sie fuhr mit der Hand die Leiste ihrer weißen Bluse abwärts. Alle Knöpfe da, vollzählig, wie Vögel auf einer Friedhofsmauer. Wurde sie närrisch? War das nicht dieser Klavierlehrer gewesen, der im Hinausgehen damals gesagt hatte: Maria ist besser als Scharia, und der jetzt so freundlich neben ihr stand? Oder hatte das ein Nachbar gesagt? Der Vater des Jungen von nebenan vielleicht, den dieser Klavierlehrer hier unterrichtete? Der Junge hatte nach Meinung seiner Mutter das absolute Gehör, studierte aber trotzdem Volkswirtschaft. War auch besser so, denn sonst würde er sich mit fünfzig noch auf den langen Fluren des Lebens wie auf Schulfluren herumdrücken und hoffen, dass ihm endlich einer sagte, wie das alles so ging mit dem Leben. Leonhard hieß der Junge. Doch wie hieß sein Klavierlehrer? Es fiel ihr nicht ein. Vielleicht sollte sie weniger Fleisch essen. Emilie zog die Mundwinkel nach oben. Einfach mal lächeln, sagte sie sich, es würde schon irgendwie weitergehen. Auch ohne Fleisch. Neulich hatte sie es ja nicht mal mehr geschafft, den Preis von drei Zwiebeln zusammenzurechnen, und eines Tages, hatte die Maria an jenem Tag gesagt, würde Emilie noch mit dem Stadtplan von Zürich unter der Nase durch Altenbeken laufen auf der Suche nach verlorenen Zeiten.

Guten Tag, sagte die Maria jetzt zu dem Klavierlehrer und stellte sich dicht neben Emilie. Guten Tag, Joseph.

Emilie lächelte noch immer. Die Maria mochte Joseph nicht. Aber das war vor zweitausend Jahren schon so gewesen, warum sollte es jetzt anders sein?

Zu dritt verließen sie den Bahnhof. Die Maria ging mit Stock zwischen ihnen.

Kein Gepäck?, fragte Joseph.

Haben wir mit der Bahn vorausgeschickt, sagte die Maria.

Vernünftig, sagte Joseph.

Wieso vernünftig, sagte die Maria, kennen wir uns so gut?

Neben einem Fotofix-Automaten stand eine hübsche, aber blasse Frau, in deren Armen sich ein Akkordeon räkelte. Ich kenne die, dachte Emilie, als sie die Frau genauer ansah. Hatte sie die nicht schon einmal gesehen, in Begleitung eines kleinen Mädchens, das einen Schulranzen mit aufgeklebten Engelsflügeln auf dem Rücken und ein Kinderakkordeon vor dem Bauch gehabt hatte? Sie konnte sich aber auch täuschen. Nach vierzig Jahren Schuldienst kam einer pensionierten Studienrätin alle Welt bekannt vor. Das mochte eine Lehrerinnenkrankheit sein.

Emilies Schritt wurde langsamer, und sie suchte in ihrer Handtasche nach dem Portemonnaie. Die beiden anderen gingen weiter. Emilie warf einen Schein in die Keksdose *Für Musike*. Als sie die beiden anderen wieder einholte, lachte sie etwas zu laut und sagte: Folgendes. Ein Mann mit Cello läuft der anfahrenden Straßenbahn hinterher. Ruft ein anderer ihm zu: Hättn Se besser Geige gelernt!

Ach, Emilie, sagte die Maria und hakte sich unter. Doch die Geste fühlte sich kalt an. Ein kalter Ofen konnte nicht kälter sein.

An einem Aprilmorgen Anfang der Achtzigerjahre hatte die Maria eines Morgens plötzlich im Lehrerzimmer gestanden und dem Sportlehrer von ihrem Heimatort an der polnischen Grenze erzählt. Emilie hatte sich neugierig dazugestellt.

Sie kenne ich ja noch gar nicht.

Das wird sich jetzt ändern, hatte die Maria trocken versprochen.

Bei einem Onkel hatte die Maria als Kind auf dem Dorf gelebt. Der Onkel war ein Mathematikprofessor gewesen, der im Sommer lange Klebestreifen gegen Fliegen vor dem Klo beim Stall aufgehängt hatte. Nachts blieben dort die Frauen mit ihren Haaren hängen, hatte die Maria gesagt. Sind Sie Polin?, hatte der Sportlehrer höflich gefragt. Über einer weißen Bluse hatte die Maria an jenem Morgen einen roten Pullunder getragen, beides eine Nummer zu eng. Damals war sie noch nicht diesen plötzlichen Traurigkeiten ausgeliefert gewesen, diesem Gefühl, bei Anbruch der Dämmerung in die unendliche Weite des Alls und eine ebenso unendliche Einsamkeit katapultiert zu werden. Die blaue Stunde ist eigentlich schwarz, und du bist mein Schutzraum, wenn der Tag zu Ende geht, Emilie, denn nachts ist es dunkel wie unter der Erde, hatte die Maria oft gesagt. Nach der Pensionierung war Maria zu Emilie gezogen, in diese Straße auf halbem Hang mit den großen Gärten, wo sie den Nachbarn beim Espressokochen zuhören konnten oder wie sie ihre schweren Gartenstühle über die Steinterrassen rückten und dabei Alleingespräche führten mit ihren Katzen oder einem betagten Hund. Emilies Haus war zu klein, um die Möbel aus zwei Haushalten zu beherbergen. Sie verkaufte ihr Klavier, damit sie Marias Instrument behalten konnten, auf dem aber keiner mehr spielte. Denn die Maria fing an, unter Anfällen von Angst zu leiden, sobald sie ein Klavier spielen hörte, sogar wenn es nur ganz von fern aus dem geöffneten Fenster eines Nachbarhauses drang. Das Klavier ist für Diderot eine Metapher für die Seele, sagte die Maria, und die Seele ist für mich die Schwester vom Tod. Sie fing an, Zeitungsartikel über Menschen zu sammeln, die nicht glücklich waren, schnitt sie aus, strich sie glatt und arrangierte sie auf den Tasten ihres alten Instruments, bevor sie den Deckel wieder verschloss.

Ich sitze hinten, sagte die Maria, als sie bei Josephs Auto in der Kurzparkerzone ankamen. Er schloss wortlos auf, und sie schob sich mit zusammengekniffenen Lippen neben einen angeschmuddelten militärgrünen Rucksack auf dem Rücksitz. Wären sie jetzt daheim, dann würde die Maria, verbissen in ihre schlechte Laune, die Speisekammer aufräumen, und Emilie würde sagen: Wenn man so aufräumt, hat man was Anderes, Wichtigeres im Leben nicht bewältigt. Emilie ließ sich vorsichtig auf den Beifahrersitz fallen und zog die Beine mit geschlossenen Knien nach. Den Gurt hielt sie mit einer Hand von ihrer gebügelten Leinenbluse fern. Sie schwitzte immer mehr, während sie aus der Stadt hinaus Richtung Norden und sich an Pirna vorbei der tschechischen Grenze näherten. In ihrem Leben hatte es nur ein Mal einen Mann gegeben. Einen Studienassessor namens Achim aus Tübingen mit schlechter Haut. Sie hatte ihn den Eltern vorgestellt, noch bevor sie sich geküsst hatten. Als sie ihn vor zehn Uhr abends zum Bahnhof hatte bringen müssen, kam es jedoch dazu. Seine Lippen streiften ihre. Danach schrieb er in einem Brief von der Schönheit ihrer Hände und einer Verlobung. Die Mutter fand das obszön. Diese Erinnerung kam Emilie jetzt vor wie eine Art Dummheit. Sie machte einen schweren, schwindligen Kopf, als blicke sie nicht zurück durch die Fluchten der Zeit, sondern von einem Turm aus großer Höhe auf die Erde hinab. Sie drehte sich zum Rücksitz. Ach, die Maria. Wie alt sie geworden war, hatte Emilie zu deutlich am Tag nach der Operation am grauen Star gesehen. Erschreckend alt, hatten die unbestechlichen neuen Linsen im Innern von Emilies Augen dem Gehirn mitgeteilt. Emilie hielt den Gurt noch weiter von ihrer Bluse weg. Den Assessor hatte sie nie wiedergesehen, die Maria und sie hatten sich ganz anders geküsst. Mit Zunge und Biss hatten die Münder sich in ihrer wilden Zeit vereint und die Sprache des Paradieses gesprochen. Und dann, eine Schrecksekunde später, also genau JETZT, war ein ganzes Zeitalter vergangen.

Alles in Ordnung, Maria?

Danke der Nachfrage, man lebt, kam es von hinten. Plötzlich war der Atem der Maria ganz nah und roch nach Nagellackentferner, wie immer, wenn sie in großer Anspannung war. Sie hatte ihren Kopf zwischen die Kopfstützen geschoben.

Haben Sie eigentlich keine Kinder, Joseph?

Nein.

Schade.

Wieso, Sie doch auch nicht, oder?

Die Maria zog ihren Kopf zurück, und Joseph sagte: Wer keine Kinder hat, hat viele.

Emilie sah ihn von der Seite an. Er erwiderte kurz ihren Blick. Wie weiß das Weiße in seinen Augen war.

Kurz nach Pirna hielten sie an einer Tankstelle. Die Maria ließ ihren Stock liegen, während sie zur Toilette ging. Emilie drehte sich zur Rückbank um. Krücke und Rucksack sahen plötzlich aus, als hätten sie es ganz gut miteinander, solange kein Mensch störte. Emilie stieg ebenfalls aus und folgte der Maria. Wenn die ohne Stock lief, wackelte sie mehr mit dem Hintern.

Labamba!

Was? Die Maria drehte sich um.

Nichts, sagte Emilie, ich habe nichts gesagt.

Eine Tageszeitung wehte zwischen den Tanksäulen Richtung Straße und schien es eilig zu haben.

Im nächsten Jahr, sagte die Maria, lassen wir uns von unserem persischen Schah in den Urlaub bringen. Er wird uns einen günstigen Pauschalpreis machen.

Der Wind ließ von der Zeitung ab, kehrte um. Er fuhr der Maria ins Haar, sodass Emilie den schmalen, grauen Ansatz am Scheitel sehen konnte.

Ich weiß nicht, sagte sie, ich weiß nicht, irgendwie bin ich krank, bin ich im Schrank.

Wir sind ja gleich da, Emmi.

Die Maria strich sich über den Hinterkopf.

Wir dürfen nicht vergessen, ihm Geld für den Sprit zu geben.

Dann nahm sie Emilies Hand. So gingen sie zur Toilette.

Eine knappe Stunde später setzte Joseph sie im Hotel Paradies ab. Die Maria legte eine Hand auf das Wagendach, nachdem sie ausgestiegen war.

Sie müssen schauen, dass Sie vor Einbruch der Dunkelheit noch zurückkommen, junger Mann, sagte sie.

Ich komme gern noch auf einen Kaffee mit hinein, sagte er.

Neben der Rezeption standen bereits ihre Koffer. Beide mit Rosenmuster. Gobelin-Imitat. Hinter dem Tresen stand das gleiche Mädchen wie im vergangenen Jahr. Sie legte einen Schlüssel vor sich hin und war schwanger.

Nur einer?, fragte Emilie. Haben wir nicht unsere alten Zimmer?

Die Maria nahm den Schlüssel. Du wirst vergesslich, Fräulein Schrey, sagte sie, unsere alten Zimmer werden erst morgen frei. Wir haben die erste Nacht ein Doppelzimmer. Emilie sah auf ihre Hände. Sie geht mit mir um, als sei ich eines ihrer albernen Deckchen, das sie abends beim Radiokonzert in einen Metallrahmen spannt und bestickt, dachte sie. Stich um Stich versucht sie, mich fertigzumachen. Aber ich halte durch. Ich werde vergesslicher, aber deswegen nicht sterblicher als sie, und eines Tages werde ich, ja ich, mit Rucksack und Gießkanne auf den Friedhof gehen, nicht sie. Ein rötlicher Ton vom Abend wird über den Gräbern liegen und dahinter ein sinkendes Blau vom Himmel. Die Sonne wird sehr tief stehen, ich werde den Kopf recken, um Schatten für die Augen zu haben, und alle Gräber auf meinem Weg gießen, die Durst haben, auch die unbekannten. Ich werde unter der Rotbuche bei den Grabkammern mich kurz ausruhen müssen, bei den toten Fabrikanten und all den anderen Reichen, werde meine Füße auf die Sitzfläche und den Kopf in den Nacken legen, um die Unterseite der Buchenblätter zu betrachten, deren hellere Bäuche. Ich werde mit Tupperdose, Thermoskanne und Apfelschnitzen die Steinbank auf ihrem Grab decken, die ich extra für meine Picknicks dort habe aufstellen lassen, um beim Essen dem großen Radiergummi in meinem Kopf zu lauschen, der sich in aller Ruhe von vorn nach hinten vorarbeitet. Bis unter ihren morschen Sargdeckel. Doch der Tag, an dem wir uns kennenlernten, wird als Letzter ausradiert.

Beim Panoramafenster zum Garten aß ein älteres Paar Pfannkuchen mit Spargel, ohne von den Tellern aufzuschauen. Der

Mann hatte die Ärmel seines weißen Hemds aufgekrempelt und trug Trachtenlederhosen, die Frau ein Dirndl. Draußen sah es nach Regen aus. Joseph durchquerte den Speisesaal und öffnete die Tür zur Terrasse. Fliederduft hing in der Luft, als wäre die Welt soeben erschaffen worden.

Wollen wir?

Ja, sagte Emilie.

Nein, sagte die Maria, nicht ins Freie.

Doch, sagte Joseph, mit Decke.

Als sie eine Stunde später in den Saal wechselten, saß beim Panoramafenster noch immer das rustikale Paar, jetzt ohne Spargel. Aus einem Eiskühler neben ihrem Tisch schaute die Unterseite einer leeren Flasche. Eine nächste mit Rotwein wartete neben der Kerze. Der Mann fuhr mit dem Zeigefinger immer wieder durch die Flamme. Die Frau schwieg. Die Maria nahm als Erste zwei Tische weiter Platz. Ein Kellner dimmte das Licht. Die Strahler auf der Terrasse schaltete er ganz aus. Jetzt hing nur noch der Mond über dem Ort, wo sie eben noch gesessen hatten. Er war rund und hatte einen milchigen Hof. Was gesagt worden war und was nicht, war noch da, in der Spanne zwischen Stuhl und Stuhl. Zwei Tische weiter sagte die Frau im Dirndl zu dem Mann in den Trachtenlederhosen, es sei schrecklich mit ihrem Gatten. Neulich sei er nachts in seinem betreuten Wohnen aufgewacht und habe geglaubt, es sei viel früher in seinem Leben. Im Nachbarbett habe er nämlich sie, die Ehefrau, erwartet. Aber da lag ein anderer Mann. Was will der hier, habe er gebrüllt, mich mit meiner Frau betrügen? Er habe zugeschlagen und sofort vergessen, dass er geschlagen hatte.

Emilie schaute auf die Puffärmelbluse der Frau. Woraus der Mann wohl mitten in der Nacht erwacht sein mochte?

Joseph trank den Rest seines halbvollen Glases in einem Zug leer und bestellte einen halben Liter Hauswein nach.

Warum geben Sie eigentlich keine Konzerte?

Die Maria legte eine Hand über ihr Glas, als er nachschenken wollte.

Warum arbeiten Sie als Klavierlehrer, obwohl im Telefonbuch steht, Sie seien Pianist?

Sie legte die Hand auch über Emilies Glas.

Lampenfieber, sagte Joseph. Das habe ich von meinem Vater geerbt, das Lampenfieber. Der war auch Klavierlehrer.

Er goss sich sein Glas bis zum Rand voll. Das rustikale Paar ließ die Rechnung aufs Zimmer schreiben und ging. Die Rezeption sei ab 22.00 Uhr nicht mehr besetzt. Auf dem Tresen stehe aber ein Schild mit der Handynummer der Inhaberin für Notfälle, sagte der Kellner. Auch er verabschiede sich jetzt.

Wo ist die Toilette, bitte?, fragte Joseph.

Hier lang, sagte der Kellner und zog im Hinausgehen eine dünne, zweifarbige Windjacke über sein schwarzes Jackett. Joseph schwankte, während er ihm folgte. Kurz vor dem Abgang zur Toilette drehte er sich zu den beiden Frauen um, rief ein Wort durch den spärlich beleuchteten Speisesaal, hob die Faust und verschwand wie ein Schauspieler in der Versenkung.

Was hat er gesagt?, fragte Emilie. Etwa Dresden?

Ja.

Wieso das?

Da zieht er demnächst hin. Er hat sich dort als Korrepetitor an der Oper vorgestellt. Hörst du denn gar nicht mehr zu?

Die Maria schaute sie an, ohne große Erwartungen, aber auch ohne enttäuscht zu sein.

Dres-den, zog Emilie das Wort in die Länge. Park-haus, sagte sie, Schweins-leber, Sekunden-kleber, Fliegen-fänger, Fotzen-frau, Hunde-scheiße.

Hör auf, ich mag keine hässlichen Wörter, sagte die Maria.

Aber ich mag Hundescheiße, sagte Emilie.

Die Maria legte eine Hand auf Emilies Hand, und Emilie spürte ihr eigenes Herz schlagen, als wollte es etwas sagen. Aus dem Abgang zur Toilette kamen die Töne eines verstimmten Klaviers.

Er spielt? Emilie zog die Hand unter Marias weg und öffnete den obersten Knopf ihrer weißen Bluse.

Da unten muss ein Klavier stehen, sagte die Maria.

Und er spielt.

Schubert, sagte Maria. Ich habe so ein Gefühl, dass etwas in seiner Kindheit ziemlich schiefgelaufen sein muss.

Emilie nickte und sagte: Spielen geht aber noch.

Aber fahren kann er nicht mehr, sagte die Maria.

Ein Schreibtisch am Fenster, darüber ein Bildschirm am Schwenkarm, zwei Koffer, zwei Kopfkissen mit zwei abgepackten Schokoladenkeksen darauf zur Begrüßung für zwei Gäste, zwei Nachttischlampen, die Handtücher am Fußende, auch die zu zweit, jeweils ein kleines und ein großes. Kein Sofa. Die Maria setzte sich auf den Bettrand, legte das Kinn auf den Knauf ihres Stocks und sah so glatt und glücklich aus wie an jenen späten Vormittagen daheim, wenn die Post klingelte und sie mit dem Briefträger flirtete. Joseph ging zum Fenster. Mit zu viel Schwung schloss er die Gardine. Fast fiel er dabei um, verlängerte aber die Bewegung Richtung Bett. Hechtsprung, murmelte er und landete mit dem Kopf nah bei der Maria. Zur Antwort nahm sie ihr Kopfkissen und warf es unter den Schreibtisch. Da ist dein Platz, du Hecht, sagte sie. Oder hatte sie nur Platz! Hecht! gesagt? Sie erhob sich unsicher, legte den Stock quer über ihre Betthälfte, öffnete den Koffer mit dem Rosenmuster, welchen die kleine Schwangere von der Rezeption vor Stunden auf die Ablage neben dem Kleiderschrank gehoben haben musste. Mit Waschbeutel unter dem einen und zwei Handtüchern unter dem anderen Arm hinkte sie ins Bad. Schon viel früher, als sie noch jung gewesen war, hatte Emilie immer gedacht, sie hinkt ja. Aber das war es nicht gewesen, wenigstens damals nicht. Damals war sie einfach nur ernst gewesen. Die Schuhe knarzten. Die Tür schlug zu. Joseph zog das Haargummi vom Zopf, spannte es und ließ es gegen die Badezimmertür flitzen. Zur Antwort drehte die Maria den Schlüssel im Schloss um. Der Klodeckel klapperte, die Spülung spülte, die Lüftung rauschte, und da war noch ein Geräusch auf der anderen Seite der Wand, ein Reißen und Fallen von etwas sehr Leichtem. Als die Maria aus dem Bad kam und Emilie hineinging, sah sie, es waren drei oder vier Ringe vom Duschvorhang herausgerissen. Ob die Maria sich in einem plötzlichen Drehschwindel an dem blümchenbedruckten Wachstuch festgehalten hatte? Emilie beugte sich über das Waschbecken. Beide Zahnputzgläser waren leer. Also hatte die Maria nicht ihr Gebiss herausgenommen.

Ob sie vorhatte, mitten in der Nacht noch einmal zu lächeln?

Ob sie annahm, dass jemand sie im Dunkeln dabei sah?

Ob das noch immer nicht vorbei war, dass die Maria einfach talentierter und tüchtiger war, vor allem was das Überleben im Ungewissen und den Spaß daran betraf? Emilie zog die Schuhe aus. Die verstärkten, dunkel verschwitzten Kappen der blickdichten Nylons sahen aus, als könnte sie auf ihnen Spitze tanzen. Zu spät fast alles und das schon lange. Sie nahm die Halskette ab. Den Rest behielt sie an. Als sie die Badezimmertür wieder öffnete, fiel ein Streifen Licht bis zum Kleiderschrank. Alle Gefühle, Verwegenheit, Neugier, Einsamkeit und Furcht, saßen plötzlich auf einem. Jetzt guck nicht erst in allen Ecken herum, mach lieber das Licht aus, sagte die Maria mit vor Müdigkeit tiefer Stimme vom Bett her. Gut, dann packen wir eben morgen aus, sagte Emilie und tastete sich zu ihrer Betthälfte, mit Schritten wie ein Storch, um nicht auf Joseph zu treten, der irgendwo halb unter dem Schreibtisch herumliegen musste. Hatte die Maria sich ausgezogen? Vielleicht konnte auch sie heimlich Strümpfe und Rock unter dem Plumeau abstreifen, auf dem Bettvorleger deponieren und gleich vor dem Aufstehen wieder anziehen? Niemand hatte das Fenster gekippt, egal, Emilie schob sich unter die Decke und streckte die Linke aus. Ihre Finger stießen auf nackte Haut, fuhren weiter an einer Linie aus Härchen entlang. Wo kommt denn das Unkraut her?, dachte sie und rutschte mit dem Zeigefinger in ein Loch. Alle Gefühle rissen das Maul auf, mit Zähnen, so lang wie Zahnstocher. Hier lag ein Wolf mit bloßem Bauchnabel im frisch bezogenen Hotelbett? Die Maria und sie waren nicht mehr zu zweit, sondern längst wie in Märchen zu dritt? Emilie hob den Kopf. Neben ihr hob sich gleichzeitig eine Hand und fuhr am Schatten der Nacht entlang in ihre Richtung. Die Geste vollzog sich in Zeitlupe. Wie viel Anstrengung es doch kostete, zu sehen, was man sah. Dieser lange Bogen einer menschlichen Hand hatte nur noch wenig mit Menschsein zu tun. Er war Ausdruck von Zeit, Zeit unter der Lupe. Zeit, die Ursache und Wirkung so weit auseinanderzog, dass es dazwischen nichts mehr zu fühlen gab. Nichts mehr. Emilies Herz fing an zu quaken wie ein Frosch. Das war es also, das Nichts? Der Tod kam als Storch? Sie musste sofort das Fenster öffnen. Sie drehte sich zum Nachttisch und schaltete das Lämpchen an. Es fiel zu Boden und blieb dort brennend liegen, aber nicht um die Finsternis zu vertreiben, sondern um deren Kern zu erleuchten. Joseph lag ausgestreckt ohne Hemd und mit offenen Augen auf jenem schmalen Niemandsland zwischen Bett und Bett, welches Emilies Mutter in der Ehe mit dem Vater Besucherritze genannt hatte. Aber nie hatte ein Besuch zwischen den beiden geschlafen.

Vergiss nicht, dass wir ihn morgen bezahlen müssen, sagte die Maria.

Deswegen hatte sie also die Zähne nicht rausgenommen, um diesen einen Satz noch sagen zu können?

Emilie sah Joseph an, der im Dunkeln zwischen ihnen lag. Wichser.

Später im Traum lief sie durch eine Hügelgegend, unterhalb eines Gasthofes, in einem Wintermantel mit großen Seitentaschen wie Satteltaschen. Ich habe hier tote Tiere drin, können Sie die mal rausnehmen?, fragte sie jeden, den sie traf. Frag Achim, antwortete jeder. Immer weiter fragte sie, immer wieder kam die gleiche Antwort. Frag Achim. Dann schließlich ihre Gegenfrage: Wer ist Achim? Und die Welt explodierte. Sie wachte auf. Bis zum Morgen blieb sie mit Blick auf das kleine gelbe Licht des gestürzten Nachttischlämpchens liegen, von jeglicher Erwartung isoliert, ganz eingeschlossen in sich selbst und in den Schmerz der rechten Hüfte.

Um kurz vor sieben in der Früh begleitete Emilie Joseph zum Auto. Ein Mädchen an der Rezeption, das nicht schwanger war, bohrte erstaunt in der Nase, als sie die beiden gemeinsam die Treppe hinunterkommen sah. Sie fragte nichts. Die Maria thronte noch aufgebahrt im Zimmer, oben auf dem Plumeau, genau so, wie sie sich für die Nacht positioniert hatte. Sogar die Schuhe hatte sie noch an, klein und glänzend, schwarz und fest verschnürt drückten sie sich mit den Schmutzresten vom Vortag ins weiße Bettzeug. Kurz hatte sie die Fußspitzen zueinandergedreht, als Emilie mit Joseph aus dem Zimmer gegangen war. Denk dran, hatte sie gesagt.

Aber das Spritgeld wollte Joseph nicht annehmen.

Dann grüßen Sie mir Dresden.

Mach ich.

Da kommt meine Mutter her.

Indeed, not many people know that, sagte er höflich zur ehemaligen Englischlehrerin und fuhr los.

Eine Weile noch blieb Emilie auf der Straße stehen und schaute, den Kopf im Nacken, nach dem Wetter. Gestern gegen Abend war der Himmel eine Zimmerdecke gewesen, wie immer, wenn Regen aufkam. Jetzt flog ein Flugzeug zwischen Wolken und dem Blau darüber in Richtung Osten. Wie das Leben wohl aus der Vogelperspektive aussah? Sie stellte sich die Leute vor, wie sie angeschnallt auf ihren Sitzen dort oben saßen. Manche lasen, andere blickten nach unten auf die Erde, wo sie stand. Einer von ihnen hieß vielleicht Achim. Über allem lag der unendlich langsame Augenaufschlag Gottes. Jetzt würde sie erst einmal frühstücken. Kaffee kochen konnte sie noch, wenn auch keine Lehrerkonferenzen mehr durchführen.

Es roch nach Spiegelei, als sie ins Hotel zurückkam. Glocken läuteten in der Ferne. Sieben Uhr. Emilie setzte sich ans Panoramafenster, löffelte das Marmeladenglas auf dem Tisch leer und dachte: Als das Pflaumenmus wir aßen / War er lang auf und davon / Aber, glaubt uns, nie vergaßen / Wir den schönen jungen Mann. Von wem das war, hatte sie vergessen. Als sie zum zweiten Mal ans Buffet gehen wollte, um sich eine Mohnschnecke zu holen, überlegte sie es sich auf dem Weg anders und ging mit kleineren, wackeligeren Schritten als gestern noch zur Rezeption. Auf jeden Fall musste noch einmal getanzt werden! Labamba! Das Mädchen dort bohrte nicht mehr in der Nase. Kann ich mal bitte Ihr Gesundheitszeugnis sehen, und wo ist hier bitte ein öffentliches Klavier?, fragte Emilie. Gestern Abend habe ich von einem gehört, und das Mädchen sagte: Moment, ich glaube, wir haben eins im Keller, gleich bei der alten Schuhputzmaschine. Labamba, führen Sie mich dorthin, sagte Emilie und ging schon einmal los.

Im Keller, dessen Gang braun gekachelt war, stand tatsächlich zwischen Schuhputzmaschine und zwei aufeinandergestellten Teewagen mit Teakholztabletts ein ramponierter brauner Holzkasten, der mal ein Klavier gewesen war. Emilie öffnete den Deckel und drückte im Stehen einzelne Tasten. Ich lasse Sie dann mal, sagte das Mädchen und wollte nach oben verschwinden. Halt, sagte Emilie streng, halt, und drückte wieder die Tasten. Sehen Sie denn nicht, ich muss dringend jemanden anrufen, und Ihr Apparat ist kaputt?

MARILYN

Sven hatte für zwölf Personen reserviert. Fünf Kollegen waren gekommen. Jung und Alt, alle da, das ist ja prima, rief Kollege Franzen, als sie endlich saßen. Jung am Polizeistammtisch war als Einziger Sven, und auch der nur noch für kurze Zeit. Kollege Emmerich präsentierte Bilder seiner Bypass-Operation, noch bevor die Kellnerin die Getränkebestellung aufnehmen konnte. Als das Bier kam, rieb Kollege Wille seine Fingerknöchel und wiederholte mehrmals das Wort Arthrose. Nach dem ersten Schluck wollte er auch noch die Probleme seines Stuhlgangs erörtern. Müssen wir eigentlich immer in Gaststätten gehen, wo man auch essen muss?, fragte Kollege Franzen dazwischen. Sein Hausarzt hatte ihm empfohlen, abends nur Schonkost zu sich zu nehmen. War das noch der Franzen von früher, Einsatzleiter eines Spezialeinsatzkommandos, der neuerdings bei Einbruch der Dunkelheit daheim an einem Zwieback nagte?

Während die anderen Krankheitsverläufe austauschten, zählte Sven die kerzenförmigen Sparlampen im Kronleuchter über dem Tisch. Früher hatten sie über die Familie geredet, über die Boxernase hier oder die abgebrochene Karriere als Schlagzeuger dort, über die Angst, eines Tages erschossen zu werden oder jemanden zu erschießen, und nach dem dritten oder vierten Bier auch darüber, welche Angst eigentlich die größere war. Wer springt ab vierzig noch gehorsam mit entsicherter Waffe ins Dunkel?, hatte Kollege Franzen vor Jahren bereits in die Runde gefragt.

Eine große Gruppe von Männern betrat die Pizzeria. Laut Wimpel ein Gesangsverein.

Sollen wir umziehen? Mit der Frage griff Sven bereits nach seinem Glas und dem Wimpel der International Police Academy, um den Tisch unter dem Kronleuchter für die größere Runde frei zu machen. Er wechselte in eine Nische mit Eckbank. Die Kollegen folgten. Hier war es ruhiger. Die Kellnerin brachte das Essen. Kollege Thies, der zwischendurch eingeschlafen zu sein schien, lebte auf. Endlich aus dem Zentrum des Kneipenlärms gerückt, spielte sein Hörgerät wieder mit. Soeben fünfundfünfzig geworden, griff er das Thema Bypass-Operation noch einmal auf und konnte Emmerich Fragen stellen, die längst unter dem Kronleuchter beantwortet worden waren. Als er auch das Thema Stuhlgang wieder anschnitt, schob Sven seinen Teller mit der Pizza Margherita von sich. Magst du deine Pizza nicht?, fragte Kollege Thies. Da Sven nicht gleich antwortete, griff er zu. Vier der fünf Kollegen am Tisch hatten Probleme damit, nachts Auto zu fahren, und verabschiedeten sich, als Sven ein zweites Bier bestellte. Es war kurz vor neun. Er blieb auf der Eckbank allein zurück und hob sehr langsam ein Sitzkissen auf, das Kollege Emmerich beim Aufstehen heruntergefallen war. Bea, dachte er, als er das Sitzkissen neben sich auf die Bank legte. Heute hatte sie ihre erste Klavierstunde gehabt. Gleich wenn er heimkam, würde sie ihn im Schlafzimmer mit einem leisen, regelmäßigen Pfeifen durch die Nase begrüßen. Bea war ein Huhn. Sie ging früh schlafen, um morgens nach neun oder zehn Stunden Schlaf mit Gepäck unter den Augen am Frühstückstisch herumzuhängen wie eine Pubertierende, die nicht zur Schule will.

Zusammen mit dem Bier stellte die Kellnerin einen Seniorenteller vor ihn hin. Bleicher Blumenkohl und ein Frikassee, das wie vorgekaut aussah.

Irrtum, nicht für mich. Sven versuchte die Kellnerin anzulächeln auf die Art, die ihm bei den Kollegen den Titel *Womanizer* eingebracht hatte.

Tschuldigung. Ob Sie es glauben oder nicht, sagte sie, als sie ihm den Teller wieder wegnahm. Man wird schneller alt, als die Polizei erlaubt. Rot und grob sahen ihre Hände aus, aber ihre Beine waren jung, mädchenhaft fast.

Sie steckte einen Finger in die blasse Gemüsebeilage.

Das hier esse ich nach Feierabend selbst.

Strafe muss sein, sagte Sven, nahm seinen Wimpel, zahlte beim Chef am Tresen, sparte sich so das Trinkgeld und ging.

Als er auf den Parkplatz trat, schaute er in den dunklen Himmel zwischen einer Lärche und einer Fichte. Nur eine hungrige Krähe warf ihr Krächzen von einem der Bäume. Machte sie sich über ihn und seinen Wimpel lustig?

Sven war szenekundiger Beamter und Spezialist für Hooligans sowie andere Störelemente im Fußball. Er war fünf gewesen, als über seinem Sandkasten im Hinterhof ein Hubschrauber der Bereitschaftspolizei in der Luft stand. Aus der Kabine war über Lautsprecher die Meldung gekommen: Gesucht wird ein Mädchen, vier Jahre alt, dunkelhaarig, in Jeans und gelben Gummistiefeln. Wer das Mädchen gesehen hat, melde sich bitte bei der örtlichen Polizeiwache. Das Mädchen mit den gelben Gummistiefeln war nie wieder aufgetaucht. Deswegen hatte Sven noch vor der Einschulung beschlossen, zur Polizei zu gehen. In seinen Träumen hatte er bereits maskiert und wie James Bond auf den Kufen eines Helikopters gestanden und war über einen anderen Hof hinweggeflogen, in dem mittlerweile ein anderer kleiner Junge aufgeregt herumstolperte und auch bald Mädchen retten wollte.

Sven schloss sein Auto auf. Glocken aus einem der umliegenden Weindörfer läuteten den Tag aus. Sobald du nicht da bist, kann ich dich wieder richtig gut leiden, hatte Bea im Februar zu ihm gesagt, als er von einer Fortbildung zum Thema *Konspiration / Die vielen Gesichter der Tarnung* zurückgekommen war.

Früher waren wir auch konspirativ, Sven, weißt du noch? Hast du jemanden kennengelernt?, hatte sie gefragt.

Er hatte sie in die Beuge zwischen Hals und Schulter geküsst. Diese Steckdose da bei der Fußleiste ist an der falschen Stelle angebracht, hatte er dabei gedacht und noch in der Diele mit ihr geschlafen.

Sven warf den Wimpel auf den Beifahrersitz. Bevor er die Tür zuschlug, hörte er, dass aus der Pizzeria ein Lied von Hildegard Knef erklang, männlich interpretiert vom Gesangsverein unter dem Kronleuchter: Ich brauch Tapetenwechsel, sprach die Birke ...

Er fuhr nach Hause. Es war Mai. Durch das Wäldchen, das seine Bungalowsiedlung und die Stadt voneinander trennte, fuhr er zu schnell. Nicht aus Eile, nur so.

Eigentlich hatten ein Polizeihauptmeister für Kriminaltechnik wie er und eine arbeitslose Grafikerin wie Bea in diesem Viertel nichts zu suchen. Haus und Grundstück auf halbem Hang hatte Bea überraschend von einer Patentante geerbt. Der Birnbaum da, hatte sie bei der ersten Besichtigung gesagt, ist seit meiner Kindheit gewachsen, das Haus dahinter ist geschrumpft. Es war aus den Dreißigern gewesen. Sie hatten es abreißen lassen. Als sie den hundertjährigen Baum fällten, um Platz für ein Fertighaus mit dem Objektnamen Flair 113 und für eine Doppelgarage zu schaffen, hatten die Kinder der Nachbarn, an ihre Räder gelehnt, mit hartem Blick am Bauzaun gestanden. Ihr dicken, fetten Schweine, hatten sie plötzlich mehrstimmig gesungen, waren auf ihre Räder gesprungen und die breite, leere Straße hinunter Richtung Sportplatz verschwunden, um in Svens Einbildung eine Staubwolke zu hinterlassen wie eine Horde flüchtiger Indianer. Drei Monate später war das neue Zuhause von 113 Quadratmetern zum Preis von 116 000 Euro fertig gewesen. Das kleinste Zimmer, kaum größer als eine Fischdose, war für ein Kind vorgesehen. Sie hatten den alten Drucker, einen Röhrenfernseher und ein braunes, brüchiges Ledersofa aus Beas Zeit an der Fachhochschule vorübergehend dort untergebracht. Am Morgen nach dem Umzug hatte Bea dem hübschen Postboten hinterhergepfiffen. Ich mag seine Uniform, manche Männer kommen einem eben mit der Post ins Haus, hatte sie gesagt, während Sven in Trainingshosen neben ihr gestanden hatte. Wann hatte es eigentlich angefangen, dass er ihr ohne Neugier zusah, wenn sie sich zwischen Bad und Bett auszog? Keine Spannung kam mehr auf. Manchmal löschte er sogar das Licht, bevor sie fertig war. Sie hatte einen biegsamen, etwas trägen

Körper, breite Schultern, schmale Hüften, und das Haar war kurz geschnitten. Warum ruderte sie eigentlich nicht mehr? Diese Oberarme hatten ihr gestanden wie anderen Frauen eine Halskette. Sven gefielen Frauen, Frauen an sich. Die eigene eigentlich auch. Trotzdem. Im neuen Schlafzimmer lagen sie nebeneinander, als hätten sie in einem ganz anderen Leben geheiratet. War das seit dem großen Streit bei Ikea so? Er hatte die Schiebetüren des Schlafzimmerschranks holzfurniert gewollt. Sie mattglasig. Aber bei Ikea stritten sich doch alle Paare. Schliefen die danach auch nicht mehr miteinander?

Beim Kreisverkehr, der das Wäldchen von seiner Bungalowsiedlung trennte, bretterte Sven über das flache Rondell aus Pflastersteinen und fühlte sich gut bei dem Verstoß gegen die Verkehrsordnung. Die Straße vor ihm schnitt sich breit und spärlich beleuchtet in die Nacht hinein. Kein Mensch, kein Bus, kein letzter Indianer war mehr unterwegs. Nur ein roter Polo ohne Licht kam ihm entgegen. Sven drosselte das Tempo und ließ sein Fernlicht aufblitzen. Der Polo blinzelte dankbar zurück. Es war der Junge vom Haus gegenüber der Bushaltestelle. Längst musste er über achtzehn sein, aber trödelte immer noch in der Obhut einer unendlich verlängerten Kindheit herum. Wahrscheinlich war er noch Jungfrau. Was der wohl einmal werden wollte? Vegetarier? Tierarzt? Seit knapp einem Jahr fuhr er Auto und hatte vor Kurzem erst sein großes A für Anfänger von der Heckscheibe geknibbelt.

Beim Briefkasten bog Sven in den Eselweg ein. An der nächsten Ecke lag das Fertighaus. Im Eingang brannte noch Licht. Drinnen spielte jemand Klavier, aber schlecht. Sven schaute auf die Uhr. Es war zwanzig nach neun.

Kein Mann stellte sich etwas vor bei den Namen Annette, Brigitte, Gabi, aber einiges bei Maria, Olga, Mandy oder Anna-Lena und eine Menge bei Marie-Lou oder Marilyn. Letzten Samstag waren sie auf einer Party eingeladen gewesen. Bea hatte daheim am Küchentisch gegen neun angefangen zu gähnen, und er war eine halbe Stunde später allein losgefahren. Du hast zu viel Rasierwasser genommen, hatte sie ihm hinterhergerufen.

Während die anderen Partygäste umeinander herumflatterten, sich unterhielten und er kaum jemanden kannte, hatte er durch einen Türspalt in ein stilles Nachbarzimmer geschaut. Dort hatte sie gesessen wie ein Blumenstrauß, der im Trubel abgestellt und noch nicht ausgepackt worden war.

Auf dem Tisch vor ihr lag ein dicker Schlüsselbund. Er schloss die Tür hinter sich.

Darf man hier rauchen?

Sie schaute ohne einen Lidschlag zurück, kaute weiter Kaugummi, trug lange Ohrringe und ein weißes Kleid mit einem so tiefen Rückenausschnitt, dass sie darunter sicher keinen BH anhatte.

Darf man?

Sie nickte, und er hatte sich neben sie gesetzt. Worüber sie geredet hatten? Eigentlich über nichts und alles. Er trank mit ihr Cola, hätte lieber Bier gehabt, aber wagte nicht aufzustehen, aus Angst, sie könnte danach fort sein. Sie war ganz anders als Bea, weniger hübsch, aber hieß Marilyn. Ihre Zähne waren zu groß, der Mund auch, die Augen standen schräg und vor. Unter dem linken hatte sie eine Warze, die sich nicht mehr als Schönheitsfleck ausgeben konnte. Alles an ihr, Brust, Beine und Bauch, war verschoben, wenige Millimeter vom

Schönsein entfernt. Sie hatte ihn über den Rand ihres Cola-glases hinweg groß angesehen und gesagt, sie habe Angst vor Rolltreppen, vor allem, wenn sie nicht liefen. In Moskau habe sie zur Feierabendzeit in der U-Bahn einmal gesehen, wie eine solche Rolltreppe außer Betrieb und voll mit Menschen sich aufwärts plötzlich wieder in Gang gesetzt habe. Erst da-nach sei ein durchdringendes Warnhupen erklungen. Eine Frau auf Krücken war als Erste von fast ganz oben gestürzt und dann die vielen, vielen Menschen in ihrem Rücken mit ihr.

Er legte die Hand auf ihren Unterarm, um ihr zu versi-chern, er könne sie vor allen Rolltreppen der Welt beschüt-zen. Mit ihm gäbe es kein Straucheln oder Fallen.

Sie sagte: Küss mich, du liebst deine Freundin eh nicht mehr.

Ich bin verheiratet.

Wo ist da der Unterschied?

Sie stand auf, und seine Hand fiel auf das Sofapolster.

Musst du morgen arbeiten?

Nein.

Was arbeitest du denn?

Ich bin Polizist.

Oh, ein Sheriff. Sie stand vor ihm und hielt die Hände vor dem Körper, als hätte sie da einen Hut und in dem Hut eine Fliege gefangen. Vielleicht stand sie so verspannt, weil sie kei-nen BH trug.

Hättest du Lust, mich heute Abend zu beschützen, Sheriff?

Warum?

Ich bin eine schwache Frau, deshalb.

Vor der geschlossenen Tür bellte ein Hund im Partylärm.

Jemand von dort öffnete die Tür. Der Hund bellte wilder, kam aber nicht herein. Marilyn griff nach dem dicken Schlüsselbund auf dem Tisch und ging hinaus. Er folgte. Bei der Gelegenheit sah er eine durchsichtige, trägerbreite Schlinge um ihren Nacken. Sie trug also doch einen BH.

Laufen wir jetzt noch ein Stück gemeinsam durch den Park?, fragte sie. Ich mag Parks, gehe aber nur selten in einen.

Weil Parks so gefährlich sind?

Sie lachte, ja, wegen der Tollwut der Eichhörnchen.

Wie sie redete! Jetzt, wo sie müde war, hatte sie einen kleinen Akzent, den er nicht einordnen konnte.

Ratlos war er durch die Nacht neben ihr hergegangen und noch ratloser mit ihr nach Hause. Sie war ihm vertraut, diese Ratlosigkeit, und er wusste, wie die Dinge sich ab jetzt mit diesem Gefühl, aber nicht, wie sie sich ohne dieses Gefühl entwickeln würden. Morgen war Sonntag, und es würde nicht der erste in seiner Ehe sein, an dem er Bea beim Frühstück aus dem Weg ging. Als sie in einem Glasaufzug zu ihrem Appartement im achten Stock fuhren, überlegte er, ob sie jemals einen Brautschleier getragen hatte, der nach allen Regeln der Kunst zerrissen worden war. Er schaute aus der Glaskabine nach unten. Ein alter Baum stand im Hof, obwohl der Gebäudekomplex neu war. Die Stadt konnte er von hier aus nicht sehen. Doch sicher malte noch keine Morgendämmerung einen schmalen blassgrauen Rand über den Himmel im Osten, wo der Bahnhof lag, über dem die Baukräne sich in den Himmel streckten. Sie redete plötzlich von Tierdressur. Tiere bekommt man durch Fleisch, Köderfleisch gefügig, sagte sie. Man hält es an einer Stange hin und dirigiert die Bewegung, so wie man sie für die Dressur braucht. Dann lässt man das Fleisch weg, sagte sie, behält aber die Bewegung bei. Das Tier gehorcht, macht Kunststücke, indem es dem Körper seines Dompteurs folgt.

Bist du beim Zirkus?

Nein.

Therapeutin?

Falsch.

Schauspielerin?

Falsch, Sheriff, du hast wohl schon länger keine Fortbildung mehr in Menschenkunde gemacht. Ich kann nicht nur Plattfüße von Hohlfüßen unterscheiden, sondern auch fließend Englisch sprechen. Meine Eltern hatten ein Lederwarengeschäft in Detroit. Ich bin Schuhverkäuferin.

Unter Marilyns Bett standen ein halbvoller Aschenbecher und eine halbleere Whiskyflasche. Auf dem Bett saß eine Katze. Nala, Nala! Beim Klang von Marilyns Stimme fuhr die Katze zärtlich Buckel und Beine aus. In der Fensternische zur Straße hing Wäsche zum Trocknen über einem Ständer. Ich glaube, sie trinkt, dachte er, als er mit ihr im Bett lag. Wie alle echten, alle richtigen Alkoholiker hatte sie etwas makellos Schräges kurz vor dem Absturz. Etwas Vollkommenes, das sie zur Schönheit machte. Wie alt mochte sie sein? Die Anmut der Kindheit hatte sie noch nicht ganz verloren.

Als Sven gegen sechs in der Früh gegangen war, hatte er seine Büronummer auf dem Wäscheständer liegen lassen.

Ich kann trotz meiner Gel-Nägel auch schwierigere Stücke spielen, hörte er seine Frau sagen. Ein schräger Akkord folgte.

Wenn du gern mit Mörderklauen Bach übst, bitte, antwortete eine fremde Männerstimme.

In der Diele standen ein Paar Männerturnschuhe und eine Aktentasche aus grobem Leder gegen die Fußleiste gelehnt. Sven stellte seinen Wimpel auf die Garderobe.

Fis, Bea, Fis, nicht F. Stolpere doch nicht immer über die Halbtonschritte. Wir sind in G-Dur, Bea, wo ist dein Kopf?

Den verliert sie gerade, dachte Sven. Er hatte die Wohnzimmertür geöffnet. Bea stand vom Klavier auf. Du kommst früh, sagte ihr Blick.

Ein jungenhafter Mann saß mit dem Rücken zu Sven und trug Zopf. Als er sich umdrehte, sah er nicht mehr ganz so jung aus. Das war wohl der neue Klavierlehrer. Die Luft stand schwer im Zimmer. Das Haus war so gnadenlos wärmegedämmt, dass es durch keine kleinste Pore mehr atmen konnte. In der Kaminattrappe brannte eine dicke Kerze. Sven ging über den Flokati in der Mitte des Zimmers zum Fenster, um es zu öffnen. Der Klavierlehrer folgte ihm auf Socken. Das ist übrigens mein Mann, rief Bea zu laut. Angenehm, der Klavierlehrer streckte die Hand aus und lächelte. Auch Bea lächelte, aber zerrupfter.

Bea, das Mädchen von nebenan. Sven kannte sie ein Leben lang, aber nicht so gut, dass er ihren Wünschen immer hätte folgen können. Niemand spielte Klavier da, wo sie herkamen! Zwölf Menschen hatten sich auf der Dachetage an einem einzigen Waschbecken neben dem einzigen Klo gewaschen. Welcher Besuch zu wem wollte, hatte man daran gemerkt, ob es an der Etagentür ein, zwei oder drei Mal klingelte. Nie war man allein gewesen, auf dieser Dachetage ihrer Kindheit, aber oft einsam. So war es kurz nach der Einschulung zur Kinderhochzeit gekommen zwischen Bea und ihm und fünfzehn Jahre später zur richtigen. Alles hatten sie richtig gemacht. Das

Brautkleid war außer Haus genäht worden, am Polterabend war kein Glas, sondern nur Porzellan zerschmissen worden, denn Glück und Glas, wie leicht brach das. Auf dem Weg zum Standesamt hatten sie einen Umweg gemacht, um an keinem Friedhof vorbeizufahren, und auf dem Rückweg hatte ihr Fahrer, ein Polizistenfreund, die Geschwindigkeitsbegrenzung in drei oder vier Ortschaften überschritten, um die bösen Geister abzuhängen. Beas Schleier war um Mitternacht von ihrer exaltierten Schwester Katharina zerrissen worden, die noch auf die Schauspielschule ging. Es hatten Salz und Brot auf der Schwelle zur gemeinsamen Wohnung gelegen, über die Sven seine Frau in der Hochzeitsnacht getragen hatte, obwohl sie seit zwei Jahren dort bereits zusammen wohnten. Sie hatten die alten Regeln befolgt, aber das Glück folgte nicht. Wie kann man nur so blöd sein und zur Polizei gehen?, hatte Bea eines Abends am Küchentisch bei der zweiten Flasche Wein gesagt.

Was meinst du damit?

Wie kann man ständig Leben retten wollen, ohne diese Leben zu kennen?

Sven warf sich in den Sessel, in dem der Klavierlehrer gesessen hatte, und merkte, das Polster war noch warm. Er streckte die Füße aus. Bea schaute auf seine Schuhe. Ihr Blick wanderte höher über Hüfte und Herz, aber suchte seine Augen nicht. Warum nicht? Wegen dieses Klavierlehrers? Sah der nicht Anthony Perkins ähnlich mit seiner hageren Jungenhaftigkeit? Vielleicht war er ein ebensolcher Psycho und der Stimme einer toten Mutter hörig, wegen der er fremde Frauen tötete, weil sie nackt waren, wenn sie duschten? Komm, hätte Sven gern zu Bea gesagt, komm in meine Arme.

Ich geh dann mal, sagte der Klavierlehrer, klappte die Noten auf dem Instrument zu, ließ das Heft aber liegen. In der Diele zog er seine Turnschuhe an, ohne die Schnürbänder zu öffnen. Die Aktentasche aus grobem Leder, mit speckigen Gebrauchsspuren und zwei matt gegriffenen Druckverschlüssen, stand wie eine Person die ganze Zeit mit dabei. Sie hatte etwas Lauerndes. Sven starrte die Tasche an. Sie starrte zurück.

Auf einem schlammverspritzten Rad fuhren kurz darauf Klavierlehrer und Aktentasche davon und mit ihnen irgendetwas aus Svens Kindheit, an das er weder klare noch gute Erinnerungen hatte. Er legte den Arm um Bea und schob sie ins Haus zurück.

An einem Donnerstag Anfang Juni, als er nicht mehr damit gerechnet hatte, rief Marilyn an. Svens Bürotür stand offen. Zwischen Aschenbechern für Junkies, Stofftieren und überfälligen Akten der Staatsanwaltschaft führte der neue Therapeut aus der halb geöffneten Tür gegenüber seine seelsorgerischen Telefonate bis auf den Flur hinaus. Marilyn sagte: Störe ich, was machst du?

Ich kämpfe gegen eine Schreibhemmung an.

Schreibhemmung?

In ihrem Lachen am anderen Ende der Leitung war ein ganzes Leben, das sie bisher ohne ihn geführt hatte. Er schaute zum Fenster, das auf einen Innenhof mit lauter gleichen, quadratischen Fenstern an allen vier Seiten führte. Topfblumen schauten aus den meisten heraus, die nicht blühten, aber hoch aufgeschossen waren.

Sven stand auf und schloss die Tür. Ja, sagte er, ich sträube mich gerade, einen Bericht über Hooligans für meine Polizeidirektion so schlicht abzufassen, wie sie es gern hätten.

Wie schlicht?

In Kategorien: A, B und C.

Was ist so schlimm an A, B und C?

Er lehnte sich gegen die geschlossene Tür. Vor Jahren mochte jene simple Einteilung ausgereicht haben: Kategorie A, der friedliche Fußballfan, Kategorie B, der Zuschauer, der situationsbedingt zu Gewalt neigte, Kategorie C, der Zuschauer, dem man eine grundsätzliche Gewaltbereitschaft unterstellte. Aber so einfach war das nicht mehr. Neulich hatte er sogar von einem gewaltbereiten Buddhisten gehört.

Alles langweilig, sagte er, machen wir lieber was zusammen, schöne Frau.

Vorschlag?

Einen Gemüseladen eröffnen, sagte er, oder eine Autowerkstatt mit Gebrauchtwagenverkauf. Hast du eigentlich ein Auto?

Wieso, willst du mir eins schenken?

Ja.

Warum?

Sven klemmte den Hörer zwischen Schulter und Ohr ein und schob die Hände in die Hosentaschen. In seiner letzten Fortbildung hatte er gelernt, dass da einer Angst hatte vor den eigenen Gefühlen, wenn er so die Hände in die Taschen schob. Der Gedanke an ihre weiße Haut machte ihn verrückt.

So ein Pick-up würde zu dir passen, sagte er, bei dem du deinen dicken Schlüsselbund am Innenspiegel festhaken und die Coladose in eine Extrahalterung am Seitenfenster drücken kannst.

Wann kaufst du mir den?

Bevor wir losfahren?

Und wohin fahren wir?

Über die Route 66 von Chicago bis zur Westküste. Der Himmel über uns wird blau sein wie in diesen Filmen aus Kalifornien.

… oder grau wie eine Betondecke, sagte sie. Ich habe übrigens für morgen Abend zwei Gutscheine fürs Kino. Der Film spielt aber in Detroit.

Der Himmel leuchtete tiefblau über den lanzenartigen Fichten der Nachbarhäuser, als Sven an dem Abend kurz vor dem Dunkelwerden nach Hause kam. Die Tujas in ihrem Garten waren im vergangenen Jahr gepflanzt worden und nicht einmal hüfthoch. Aber das Gras war warm, wenn er nach der Arbeit barfuß ums Haus lief. Es ging ihm gut. Es wäre ihm besser gegangen, wenn Bea nach den Klavierstunden nicht regelmäßig zwei Tiefkühlpizzen aus dem Eisschrank geholt hätte. War Sven da, holte sie drei.

Ihre Frau ist gefährlich musikalisch, sagte der Klavierlehrer an dem Abend zum Abschied, als Sven und er bei der Türschwelle aufeinandertrafen. Drinnen roch es nach Pizza. Draußen war es noch nicht richtig dunkel, und die roten Blüten der Kletterrose am Nachbarhaus kamen Sven blass und durchscheinend vor. Unter dem Außenlicht des Fertighauses, das zur Standardausrüstung von Flair 113 gehörte, sah auch das Gesicht des Klavierlehrers wächsern aus, während er seine Aktentasche in den Fahrradgepäckträger klemmte. Er sagte: Ihre Frau sollte mehr als ein Mal die Woche Stunden nehmen.

Ja, sagte sie.

Nein, sagte Sven.

Wenn Sie die Anfängeretüden für Anna Magdalena Bach stören, dann können wir in der nächsten Zeit bei mir weitermachen, vielleicht sogar, bis wir bei den Inventionen angekommen sind. Denn die werden auch Ihnen gefallen.

Inventionen?

Auch von Bach! Mit drei Fingern rieb Bea sich den Seitenscheitel und in dem Blick, den sie dem Klavierlehrer zuwarf, war Verrat.

Die Sommerwochen, die folgten, schien Sven trotzdem wie in einem weich gezeichneten Film zu verbringen. Das Wort Gnade fiel ihm ein, kombiniert mit dem Wort Frist. Bea und er fuhren nicht in Urlaub. Das Wort Glück fiel ihm ein, kombiniert mit dem Wort Pilz. Wenn er sich mit Marilyn unten in der Stadt traf, fuhr er mit dem Wagen früher als nötig los und war vor der verabredeten Zeit beim Kiosk, dem Treffpunkt, den sie ihren Kiosk nannten. Die Stadt war leer und eine Verheißung. Sie roch wie früher nach Keller und Kompost, nach Gummi, Staub und Benzin. Ob alle Menschen eine solche Kindheitserinnerung hatten? Bestimmt. In so einem Moment liebte Sven alle Menschen. Auch das Wort Vergänglichkeit fiel ihm eines Tages ein, als Marilyn beim Kiosk auf ihn zukam – in einem windweiten Rest von Kleid. Sie hakte sich bei ihm unter. Die Straßen lagen halb in gleißender Sonne, halb im Schatten. So waren sie früher auch geteilt gewesen, wenn er im Hochsommer aus der Schule gekommen war. Verdunstendes Schwarz und unwirkliches Weiß. Ziellos liefen sie auf den Seiten im Schatten, ohne in ein einziges Schaufenster zu schauen. Obwohl er das Gefühl hatte, Marilyn wolle ihm etwas anvertrauen und das Gehen ermutige sie zum Reden, sprach sie nichts. Er beobachtete sie und folgte ihr von Weitem, gerade dann, wenn sie eng Arm in Arm schlenderten.

Morgen habe ich einen Termin, sagte sie an einem Freitag Ende Juli, ich kaufe mir mein Auto selber.

Sie nannte eine Anschrift.

Ist bei mir um die Ecke, sagte Sven, also kann es nicht unser Pick-up sein. So etwas Exotisches gibt es hier in der Gegend nicht.

Es ist ein Polo.

Was für einer?

Ein roter.

Da komme ich besser mit, sagte Sven.

Rot hatte er in seinem Bericht für die Polizeidirektion zu Taktik und Vorgehensweisen von Hooligans angeführt. Rot war Blut, Liebe, Leidenschaft, rot waren teure Dessous und auch die Wut, wenn sie nicht kalt war. Trägst du eigentlich keine Waffe, Sheriff?, hatte Marilyn ihn in der ersten Nacht gefragt, als sie, hinter ihrer mickrigen Zimmerpalme versteckt, sich den roten Slip ausgezogen hatte. Manchester United hatte Rot als Mannschaftsfarbe gewählt, und Sven hätte Manchester United als Verein seines Fanherzens gewählt, wenn er Engländer gewesen wäre. Als Marilyn gesagt hatte, das Auto, das sie kaufen wolle, sei rot, wusste er, sie würde den Wagen nehmen. Frauen fuhren Farben. Frauen kauften Dinge, die sie nicht wollten, einfach nur, weil sie rot waren.

Da ist aber die Kupplung kaputt, dachte Sven, als der Bus, der aus der Stadt kam, mit einem hohen Pfeifton seine Haltebucht wieder verließ. Marilyn winkte, sobald der Blick auf den Gehsteig gegenüber frei war, kam aber nicht gleich herüber. Sie stand da in Westernstiefeln und Hand in Hand mit einer zweiten Person. Zärtlich wandte sie sich ihr zu, als gälte es, einen jungen Hasen aus dem Bau zu heben. Die Frau trug eine gestärkte langärmelige Bluse, deren Weiß selbst die Julihitze nichts anhaben konnte. Sie ging am Stock, und Sven erinnerte sich, dass es im vergangenen Jahr noch zwei weiße, gestärkte Blusen gewesen waren, die regelmäßig an dieser Haltestelle gewartet hatten. Auch Hand in Hand. Kein Auto kam. Marilyn ließ die Hand der Frau los und bot ihr den Arm. Sie überquerten die Fahrbahn. Bei Sven angekommen, ging die Frau allein weiter, ein wenig schräg und schwerer jetzt auf ihren Stock gestützt. Von hinten besehen war sie weder alt noch hässlich, nur holzig.

Ich glaube, das ist er, sagte Marilyn und zeigte auf die Einfahrt in Svens Rücken. Ein Mann um die siebzig kam aus einer grünen Garagentür und legte die Hand auf das Dach eines roten Polos. Sie kommen wegen ihm, oder?, sagte er. Ich bin nur der Großvater und vertrete meinen Enkel beim Autoverkauf. Wissen Sie, Kinder werden größer, wollen fort, dabei hatten sie hier doch eine ziemlich unbeschwerte Kindheit. Alles ländlich, alles nah, und die böse Stadt ist so fern, sagte er, und Sven meinte darauf: Ja, ich glaube, ich kenne Ihren Enkel.

Marilyn sah sich als Erstes im Handschuhfach um. Es wurde größer davon. Sie öffnete die Heckklappe. Im Kofferraum lag ein alter Samsonite-Koffer, schwarz, und an den Rändern aus den Fugen, sodass das Innenfutter sich aus den Nähten drückte. O Gott, sagte der Großvater, öffnete den Deckel und hob mit zwei Fingern den Ärmel einer alten Pelzjacke an, die zuoberst lag. Von Tante Helma, sagte er, ist alles für die Kleidersammlung. Marilyn setzte sich hinter das Steuer, verstellte den Sitz weiter nach hinten, sah sich im Innenspiegel an, prüfte ihren Lidstrich, dann die Zündung, das Licht, die Scheibenwischer. 950 Euro, im Ernst?, fragte sie. Für diese Friseusenschleuder? Geht denn die Servolenkung noch? Wie sind die Bremsbeläge? Wann war der letzte TÜV?

In ihrer Art zu fragen war etwas von den Leuten, die nichts geschenkt bekommen im Leben. Als sie das Auto umrundete und mit einem Westernstiefel gegen alle vier Reifen trat, fragte der Großvater, ob sie keine Probefahrt machen wolle.

Sie versprechen mir, dass der Wagen in Ordnung ist?

Bei dem Satz landete ihre Hand wie ein Vogel auf der Schulter des alten Mannes, und Sven fragte sich, warum er eigentlich mitgekommen war. Er schaute die leere Straße hinunter. Hundert Meter von hier entfernt zweigte der Eselweg ab. Gelb, gelb, gelb, schrie der Briefkasten dort an der Ecke. Am Ende des Wegs parkte Beas Roller vor dem Fertighaus. Genau darum war er mitgekommen? Hatte er gehofft, sie würde in diesem Moment den Roller besteigen und Sven im Vorbeifahren sehen, wie er mit Marilyn hier stand? Jeder Mörder, hatte Sven in der Polizeischule gelernt, wollte entdeckt werden. Jeder Ehebrecher auch? Plötzlich schämte er sich. Er wollte Bea zur Trennung zwingen, damit nicht er sich von ihr trennen musste. Das war klein, schäbig, berechnend, verdruckst, feige, ja, das war Sven. Ehebruch war eine Todsünde. Feigheit auch? Das musste er im Netz nachschauen. Doch egal: So scheinheilig, wie er hier mit einer anderen Frau herumstand, um von der eigenen ertappt zu werden, machte er sich schuldig. Das war ein Mord, den fast jeder einmal beging, was die Sache nicht besser machte. Das war Mord an einer Ehe, über die er sich zu seiner eigenen Beruhigung sagte, es gebe sie schon längst nicht mehr. Sie dauere nur noch.

Marilyn fing an, ihr Bargeld wie Spielkarten auf der Kühlerhaube des roten Polos aufzufächern.

Sind Sie eigentlich der große Bruder?, fragte der Großvater und musterte Sven. Oder ist sie die Schwester Ihrer Frau?

Er ist mein Freund und Helfer, sagte Marilyn. Sie hakte sich bei Sven ein. Richtig?

Sven schüttelte so langsam den Kopf, dass es unklar blieb, ob er damit die Frage beantwortete oder die Antwort verweigerte.

Ein Wunder, dass wir noch immer zusammen sind, hatte Bea am vergangenen Silvester gesagt. Schnee hatte seine Stille in riesigen Laken über die altmodische Kurstadt am Fuß des Schwarzwalds gelegt. Kurz entschlossen waren sie aus ihrer Hanglage ohne Schnee und dem Fertighaus geflohen, das an Sonn- und Feiertagen seine Bewohner noch ungemütlicher ablehnte als an anderen. Wie das Wort Wunder über Beas Lippen gekommen war, hatte abgehackt geklungen. Sie hatte ihm leidgetan. Als Mitternacht war und das Jahr wechselte, schlief er mit ihr, während vorm Theater, dem Hotel gegenüber, ein ausgelassenes Schauspielerensemble seine Raketen aus Flaschenhälsen in die Luft steigen ließ. Liebe in Zeiten des Krieges, hatte er gedacht und sich an das erste Mal mit Bea erinnert. Die Zigarette danach hatte ein Nachbar bereits für sie beide auf dem Balkon nebenan geraucht, als sie im Bett noch nicht miteinander fertig gewesen waren. Der Rauch war mit der kalten Luft an der gekippten Fensterscheibe vorbei ins Zimmer gedrungen. Bea war bei ihrem ersten Mal gleich zwei Mal gekommen, doch war sie ihm mit jeder Berührung fremder geworden. Er hatte gewusst, es lag nicht an ihm, dass sie kam. Sie kam nicht zu ihm, kam ihm nicht näher. Die Zeiten ihrer größten Nähe waren damals längst vorbei gewesen. Wirklich nah waren sie sich nur als Kinder gewesen. Sie hatten unter einem Dach gewohnt, bis Svens Mutter an einem Januarnachmittag gestorben war. Die Lehrerin aus der Wohnung im zweiten Stock war die Treppe hinaufgekommen, um alle Dachluken in der Wohnung zu öffnen. Die Seele muss gehen dürfen, hatte sie gesagt und dabei nach Lavendel gerochen.

Wohin denn?

Zu Gott.

Unsere Mutter war Kommunistin, und jetzt mach das Fenster zu!

Eine kalte Wut hatte Svens Gesicht weiß gemacht.

Aber morgen kommst du ins Heim, hatte die Lehrerin gesagt und über einen Teppich aus zerfledderten Mickymausheften das Zimmer verlassen wollen. Im Türrahmen hatte plötzlich Bea gestanden mit einer schrecklichen Kinderbrille im dicklichen Gesicht. Sie hatte den Bauch unter ihrem schwarzen Turnzeug vorgestreckt und eine nackte Barbie gegen den nackten Oberschenkel gepeitscht. Verzieh dich, Alte, hatte sie gesagt, obwohl sie ein schüchternes Mädchen war. Sie hatte es für Sven gesagt, der wenige Tage später von einem Fräulein vom Amt ins Kinderheim der Kreisstadt geholt worden war.

Ein Dutzend Jahre später, bei einer Verkehrskontrolle, hatte Sven Beas Namen in einem Führerschein wiedererkannt und erst danach ihr Gesicht im trüben Licht der Innenbeleuchtung des Autos. Die Brille war weg gewesen. Seine blasse Kinderbraut war schön geworden. So war dann alles gekommen.

Marilyn drehte mit dem roten Polo ihre ersten Runden zwischen der Siedlung am Hang, dem Fernsehturm, dem Wäldchen und dem letzten Hotel vor der Autobahnauffahrt. Immer wieder sagte sie: Keine Klima, keine Klima, und ließ den Ellenbogen aus dem offenen Fenster hängen. Sven saß auf dem Beifahrersitz. Vor jeder Kurve zog er die Schultern hoch, sagte aber nichts wie sonst, wenn eine Frau neben ihm am Steuer saß. Je länger sie fuhren, desto mehr frisierte seine Vorstellung den alten, roten Polo um in einen Ford Mustang mit elektrischem Schiebedach, grellroten Heckleuchten und einer langen Peitsche von Antenne. Draußen flogen aufgeheizte Weizenfelder kurz vor der Ernte vorbei, und die Weinberge dahinter sahen blau, dunstig und geheimnisvoller aus als sonst. Auch Sven kurbelte sein Fenster ganz herunter und ließ den Fahrtwind herein, der sie beide von hier fortzunehmen schien. Sollten sie nicht einfach verschwinden, um in einer sonnigen, windgeschützten Häusernische in einer fremden Stadt Bananen zu verkaufen, solange die Sonne schien und es Bananen gab?

Nach einer Stunde setzte Marilyn Sven beim Kreisverkehr wieder ab. Sie fragte nicht: Soll ich dich bis zu Tür bringen? Über ihnen hing eine dichte Wolkendecke, und in der Ferne entlud sich bereits ein Gewitter. Die letzten Meter ging er zu Fuß nach Hause.

Aus dem Wohnzimmer kam eine schwerfällige Tonfolge. Begleitmusik für einen Tanzbären, dachte Sven, während er unschlüssig in der Diele herumstand. Er stellte sich Beas Klavierlehrer auf dem Flokati in der Mitte des Zimmers vor, aufgerichtet zu einem Grizzly und mit Ring in der Nase für die Dressur.

Auf dem Dielenboden lag noch immer seine Akte *Vorgehensweisen von Hooligans,* die er gestern mit nach Hause genommen hatte, um am Wochenende seinen Formulierungen den letzten Schliff zu geben. Daneben stand ein großer Topf für Bolognese-Sauce, den irgendeine Nachbarin abholen sollte. Genau oberhalb der Fußleiste, wo sonst die Aktentasche des Klavierlehrers stand, war die Ummantelung der Steckdose von der Wand gefallen. Das hatte etwas Verwahrlostes. Sven klopfte gegen die Wohnzimmertür. Aufmachen, Polizei, knurrte er. Absätze von Holzsandaletten klackten auf den Parkettfliesen. Bea öffnete und war allein.

Ich übe, sagte sie, für ein Konzert.

Konzert?

Mit seinen Schülern.

Konzert mit Schülern, sagte er, bist du dafür nicht zu alt?

Es ist sein Abschiedskonzert, er zieht nach Dresden, sagte sie und schloss unsanft die Tür.

Später machte Sven Licht überall im Haus. In der Küche schaltete er das Radio ein. Für den Bruchteil einer Sekunde sah er in der Dämmerung vor dem Fenster den hundertjährigen Birnbaum wieder stehen oder dessen Schatten oder den Schatten von etwas, das unheimlicher war als jede wirkliche Gestalt. Als er sich mit einer Flasche Wein an den Küchentisch setzte, stieß er sich den Kopf an der Lampe darüber, obwohl die immer dort hing. Er trank und wartete. Als er die Flasche leer getrunken hatte, wartete er noch immer. Wer liebt, wartet. Kein Klacken von Holzsandaletten kam näher. Stattdessen klimperte das Klavier. Er blätterte in einer Frauenzeitschrift, die Bea auf ihrem Stuhl hatte liegen lassen. Gegen Mitternacht hörte er Bea im Bad weinen und sich selber in der Küche gähnen. Das Licht hatte sie bereits gelöscht, als er ins Schlafzimmer kam. Er legte sich im Dunkeln neben sie, fragte: Was ist?, und suchte mit der Hand ihr kurzes, dichtes Haar auf dem Kopfkissen. Bist du traurig, dass er verschwindet?

Keine Antwort.

Würdest du gern mit?

Verschwinden, sagte sie, kann man nicht zu zweit.

Am dritten Montag im August ging Sven wieder mit seinem IPA-Wimpel unter dem Arm zum Stammtisch. Es war das Ende der Sommerferien. Mayer, ein neuer Kollege, kaum älter als er, war zum ersten Mal mit dabei. Alle redeten bereits in den ersten Minuten über diesen Amoklauf am vergangenen Wochenende.

Marilyn hatte sich seit dem Autokauf nicht mehr gemeldet. Ihr Handy war seitdem abgestellt. Einmal nur war er durch die Schuhabteilung des Nobelkaufhauses gestreunt, in dem sie arbeitete, hatte aber niemanden nach ihr gefragt.

In der ersten Augustwoche war er zu ihrer Wohnung gefahren, um vor der verschlossenen Tür zu überlegen, welche Nachbarin einen Ersatzschlüssel haben könnte. Er hatte nicht ausprobiert, ob Marilyns eigener Schlüssel von innen steckte und tapfer das Gewicht all der anderen am dicken Bund trug.

Er wusste, wie man ein Schloss öffnete. Da hatte er gestanden, der szenekundige Beamte, der über Sickertaktik, Schwarze Blocks, Fünf-Finger-und-Erschöpfungstaktik sowie Hinterhalte und Scheineingriffe aus der rechten Szene Bescheid wusste und sich bestens auskannte mit der Bedeutung der Farbe Rot sowie dem Abbrennen von Pyrotechnik und anderen Gefährlichkeiten. Da hatte er mit dem Blick eines Zwergkaninchens vor ihrer Tür gestanden, in sich hineingeschwiegen und keinen Entschluss gefasst. Täglich verschwanden Menschen. Das Verschwinden eines Erwachsenen war keine Straftat. Jeder konnte seinen Aufenthaltsort verändern, ohne die Angehörigen darüber zu informieren. Sven war nicht einmal ein Angehöriger, war nur irgendein Mann, einer mehr in ihrem Leben, für den es das Schönste auf der Welt gewesen sein mochte, in einer Frau, wie sie eine war, zu verschwinden. Schon klar, der Vorgang an sich blieb ziemlich gleich. Berührungen, Bewegungen, Positionen und Körperflüssigkeiten. Druck erzeugte Gegendruck, schon klar, das war das simple Geheimnis der körperlichen Liebe, und gerade bei ihm war es nicht schwierig, Ergebnisse zu erzielen. Sogar Bea war es lange gelungen. Doch nichts glich sich völlig. Keine vor Marilyn hatte sich auf diese katzenhafte Art auf alle viere gerollt und mit gespreizten Beinen ihm dabei zugesehen, wie er die Hände auf ihre Hüften legte und allem nur nachgab. Wie dem Atmen. Oder dem Sterben.

Ich geh dann mal, sagte Sven an diesem Augustmontag beim Stammtischtreffen als Erster.

Na, jetzt schon?, fragte Kollege Emmerich. Dabei wollte Mayer gerade von seinem aktuellen Fall erzählen. Eine Brandtote, sagte Kollege Franzen. Unser Sven hat noch was Besseres vor, sagte Kollege Wille. Wie heißt sie denn?, fragte Kollege Franzen, und Kollege Thies, dessen Hörgerät leise eine Warnung fiepte, übermittelte seine besten Grüße an die liebe Gattin. Nur der Neue, Kollege Mayer, musterte Sven genauer, rieb sich seine Boxernase und sagte: War bei mir genauso.

Also dann erzähl mal, Kollege!

Emmerich stieß ihn in die Seite. Sven griff nach dem IPA-Wimpel, während Mayer berichtete, die Frau habe auf der Seite vor dem Bett gelegen. Sie müsse an der Rauchentwicklung gestorben sein, sagte er, nicht am Feuer direkt. Unter dem Bett habe eine Flasche Whisky gestanden, in der nur noch eine flache Pfütze übrig gewesen sei. Daneben ein voller Aschenbecher. Angefangen zu brennen habe es, als sie mit 2,8 Promille im Blut ihre glimmende Zigarette unter die Bettdecke gesteckt und den Hitzestau dort nicht rechtzeitig bemerkt habe. Als es angefangen habe wehzutun, hätte sie das Bett noch verlassen können, aber nicht mehr den Raum. Die Katze sei klüger gewesen, sagte Mayer, die habe aus der Wohnung über ein gekipptes Fenster noch entkommen können. Sven stellte seinen IPA-Wimpel ab.

Sie hatte sich, bereits auf dem Boden liegend, unter dem Kopfkissen versteckt, sagte Mayer, um sich zu schützen, bis das Kissen beiseitegerutscht sein müsse. Als wir sie fanden, sah sie aus, als hätte jemand sie mit flüssigem Karamell eingestrichen und danach eine defekte Netzstrumpfhose über sie gezogen. Schrecklich waren vor allem die Verbrennungen am Kopf, nur Nasenrücken und Stirnmitte schimmerten noch hautfarben durch einen verbrannten Blaubeerkuchen, der einmal ein Gesicht gewesen war.

Todeszeitpunkt?, fragte Kollege Franzen.

Zwischen 23.00 Uhr und 0.30 Uhr am vergangenen Freitag, sagte Mayer. Wir gingen nach dem üblichen Eliminationsverfahren vor. Hinter dem Bett klebten übrigens die Reste einer Tapete, Muster Teerose.

Aber das habt ihr ja wohl nicht ins Protokoll geschrieben, krähte Kollege Emmerich, das ist ja nicht von Bedeutung.

Aber die Katze, sagte Sven und merkte, seine Stimme klang eingedickt.

Kam später wieder, sagte Mayer. Ist das von Bedeutung?

Sven verließ die Pizzeria.

Auf dem Parkplatz schaute er zum vertrauten Ausschnitt Himmel zwischen einer Lärche und einer Fichte. Wieder warf eine Krähe ihr Krächzen aus einem der Bäume. Er stieg in seinen Wagen und fuhr viel zu schnell heim. Kurz vor dem Kreisverkehr am Eingang zur Siedlung erfasste sein Autoscheinwerfer eine Katze. Sie schaute ihn an, bevor sie im Wald verschwand. Keine Angst, ich werde von dir nicht schwanger, hatte Marilyn bei ihrem letzten Zusammensein gesagt. Er hatte sie nie nach ihrem Alter gefragt. Was sollte ohne sie aus ihm werden? Morgen würde er zu der netten Polizeipsychologin gehen, die sogar im Winter kurze Kleider trug. Warum?

Traurig war er, so richtig traurig. War das nicht Grund genug?

Dann war Herbst. Bea war zum ersten Mal über ein verlängertes Wochenende allein fortgefahren. Nach London. Als sie zurückkam, war es ihr Vorschlag, den alten Drucker und das Ledersofa, das noch älter war, auf den Müll zu werfen. Sven strich an einem Samstagabend das leere Zimmerchen rosa und hörte ab und zu ein Auto durch den Regen vor dem Haus pirschen.

NYLONKITTEL

Acht Wochen, das ist nicht lang, aber besser als nichts, sagte die Frau im ärmellosen, blauen Kittel und stemmte die Fäuste auf den Tresen. Ein Kuchenblech rechts mit Bienenstich, eins links mit Mohnstreusel, beide kühlten noch ab.

Eigentlich suchen wir eine Aushilfe bis Weihnachten. Fachkraft sind Sie aber nicht?

Nein, nur arbeitslos.

Katharina löste die Spange vom Hinterkopf. Die Haare fielen ihr hell über die Schultern, mehr über die rechte als über die linke. Sie wusste, wie sie aussah, aber würde das auch helfen? Vor der Bäckerei stand eine hohe Kastanie, die auch zu Katharinas Fenster im vierten Stock hineinschaute. Im Frühjahr leuchteten die Blüten sicher wie Lämpchen. Jetzt waren die Blätter dunkelgrün. Juli. In der Hitze weitete sich die Zeit. Alles verlor an Kontur. Wenn sie Glück hatte, konnte sie die nächsten Wochen in einem weich gezeichneten Film verbringen. Location: Bäckerei in Berlin-Charlottenburg. Rolle: Frau mit Halbtagsjob. Kostüm: Ein blauer Nylonkittel mit nichts darunter. Arbeitstitel: Sommer in der Stadt. Der Plot: Frau zieht vorübergehend in die Wohnung einer Freundin, die verreist ist. Sie macht die Bekanntschaft eines Mannes. Eines

Abends, wenn vor der Bäckerei längst die Straßenlaternen aufgeflackert sind, um den rötlichen Ton der Häuser vom sinkenden Blau des Himmels zu trennen, gehen Mann und Frau ins Kino. Sie essen Eis, trinken Bier, während die nackten Knie der Frau, zwei helle Inseln, aus dem Kinodunkeln ragen, bis der Mann seine Hand dorthin legt und erst das eine, dann das andere fest umschließt, als seien seine Finger eine Wegfahrsperre. Den Mann nannte Katharina Karl, weil sie noch nie einen Karl gekannt hatte.

Ich heiße übrigens Wanda, sagte die Frau hinter dem Kuchentresen und schnitt ein schmales Stück Mohnstreusel vom Rand des Blechs, schob es auf Pappe und fragte: Was haben Sie denn sonst gearbeitet? Haben Sie etwas gelernt?

Am liebsten habe sie in den letzten Monaten an Bahnhöfen Straßenmusik gemacht mit ihrer Tochter Ronja, die zehn sei, hörte Katharina sich sagen, obwohl sie gar keine Tochter hatte.

Wenn es dunkel wird und ein Kind dabei ist, werden die Menschen großzügig mit dem Geld, sagte sie. An manchen Tagen haben Ronja und ich so viel Geld verdient wie eine Putzfrau in der ganzen Woche nicht.

Wanda feuchtete einen Finger an und pickte Krümel von der Theke. Sie musterte Katharinas Gesicht. Ob sie wohl dachte: Die hat aber einen hübschen Mund, der sitzt, wo er hingehört, genau zwischen einem Kinn und einer Nase, die auch ganz hübsch sind? Ob sie trotzdem merkte, dass Katharina nicht so sanft war, wie sie aussah? Ob sie eigentlich wusste, dass Schauspieler Ratten sind? Ob sie tierlieb war, diese Wanda?

Vor gar nicht so langer Zeit, sagte Katharina, hat eine alte Frau in weißer Bluse einen Fünfziger in unsere Keksdose *Für*

Musike geworfen. Was für eine Begabung, was für ein Mädchen, hat sie dabei gerufen. Am Samstag, als der Vater Ronja abholen kam, hat Ronja ihm von ihrer großen Begabung und dem großen Schein erzählt. Können Sie sich vorstellen, wie still es da in meinem Flur wurde?

Wanda steckte den Finger mit den Krümeln in der Mund und nickte.

Es war so still, dass ich die alte Rolex am Handgelenk meines Exmannes ticken hörte, sagte Katharina. Eine Rolex, wiederholt Wanda, und Katharina darauf: Ja, er ist reich und dumm, mein Exmann. Er hat mich angeschrien: Du machst aus dem Kind eine Nutte, hat meine Ronja am Arm gepackt, sie auf die Straße und zu seinem Auto gezerrt, und am Montag nicht zurückgebracht. Jetzt beantragt er das alleinige Sorgerecht.

Schwein, sagte Wanda.

Informatiker, sagte Katharina, er arbeitet für die Bundeswehr, spielt Golf und Tennis und sammelt mechanische Uhren. Jetzt will er seine Tochter davon überzeugen, den gleichen Fehler zu machen wie ich vor vielen Jahren.

Welchen?

Sich für ihn zu entscheiden, sagte Katharina, das Akkordeon hat er auch gleich verschwinden lassen und Ronja für den Klavierunterricht angemeldet, bei einer Chinesin, die angeblich aus einem alten Pinguin noch einen jungen Pianisten macht.

Wanda wischte die Hände am Kittel ab und reichte ihren Mohnstreusel auf Pappe über den Tresen. Willkommen, sagte sie und nahm den Zettel *Aushilfe gesucht* aus dem Schaufenster. Sie können morgen um vierzehn Uhr anfangen. Das

Gesundheitszeugnis besorgen Sie sich am Vormittag auf dem Bezirksamt. Die zeigen Ihnen ein Filmchen, in dem Sie lernen, während der Arbeit nicht in der Nase zu popeln. Ich habe noch Kittel und Schürzen für Sie, aber waschen müssen Sie die selber. Haare sind aus dem Gesicht zu tragen. Der Chef ist Türke und legt Wert auf so etwas.

Mit dem Stück Mohnstreusel auf der Hand verließ Katharina die Bäckerei. An einem der zwei Tische auf dem Bürgersteig saß ein Mädchen mit dünnem offenem Haar und einem ratlosen Mittelscheitel darin. Es schielte, aber wohl aus Übermut, um danach das Gesicht in das Fell eines Hundes auf seinem Schoß zu drücken. Es war ein schöner, etwas trauriger Morgen ohne besonderen Lärm. Zurück in der Wohnung legte Katharina sich auf Nicos Bett, aß Kuchen und knackte mit den Zehen. Ein Vogel landete vorm Fenster in der Krone der Kastanie, groß wie ein Huhn, aber nicht so gemütlich. Der dünne Ast bog sich unter seinem Gewicht. Er schrie zwei Mal etwas, was man aber nicht verstehen konnte, legte den Kopf schräg und fuhr sich mit einer Kralle unter den gespreizten Flügel.

Ich weiß, sagte Katharina, ich hätte den Theaterjob nicht einfach so schmeißen sollen. Wenigstens nicht im Winter. Außerdem ist Basel eine so schöne Stadt. Sie schaute den Vogel ernst an: Du solltest mal hinfliegen.

Vergangene Nacht hatte sie den Schlüssel unter der Matte vor Nicos Wohnung hervorgeholt, die Reisetasche auf der Schwelle zur Küche abgeworfen und einen Lichtschalter gesucht. Eine Sparbirne blakte auf und verbreitete Streulicht in einer Diele, die leer war bis auf eine leere Garderobe, einen leeren Papierkorb und eine Batterie leerer Flaschen neben einem verschlossenen Klavier. *Bitte zurückbringen* hatte Nico auf einen Zettel geschrieben und ihn einer Milchflasche untergeschoben.

Katharina war ins große Zimmer gegangen, hatte das Fenster am Kopfende des Bettes geöffnet und noch nicht gewusst, dass früh um fünf der Geruch nach Frischgebackenem zu ihr aufsteigen und behaupten würde: Willkommen daheim. Im Hinterhof von Tante Tine hatte es wegen der Reinigung nebenan immer nach frisch gemangelter Wäsche gerochen. Als Mädchen hatte Katharina in schmutzigen Unterhosen in diesem Hof im Birnbaum gesessen, die Welt beobachtet und beschlossen, ich gehe zum Theater. Theaterspielen, hatte sie angenommen, würde sie in die Nähe des wirklichen Lebens bringen. Aber das stimmte nicht, hatte das wirkliche Leben gezeigt. Nie war sie weiter von irgendeiner Nähe entfernt gewesen als im Theater. Eigentlich konnte sie dieser alten Dame in der ersten Reihe des Basler Theaters nur dankbar sein, die wenige Tage vor Weihnachten ihr Opernglas gehoben und auf Schweizerdeutsch verkündet hatte: Diese Schauspielerin da oben ist für die Rolle der Emilia zu alt!

Wer jetzt wohl die Emilia spielte, nachdem Katharina gekündigt hatte?

Sie war über vierzig, seit gut einem halben Jahr freiwillig arbeitslos, aber machte sich keine Sorgen. Wenn man sie fragte, war sie erst fünfunddreißig.

Neben Nicos Bett hatte Katharina die verschwitzte Uniform ausgezogen, mit der sie als Streifenpolizistin verkleidet seit Monaten kostenlos Bahn fuhr. Sorgfältig hatte sie ihre grüne Netzkarte zusammengefaltet und sich in Unterwäsche auf den Bettrand danebengesetzt.

Scheiß-Theater.

Warum war sie eigentlich nicht Polizistin geworden?

Hey, endlich weiß ich es, rief Wanda, als Katharina tags darauf pünktlich die Bäckerei betrat. Auf einem der beiden Straßentische vor der Tür packte ein junges Paar umständlich Einkäufe von einer Tüte in eine andere. Wanda zeigte mit dem Kinn auf sie.

Er ist Ungar, Pianist und hat einen komplizierten Nachnamen, den ich mir nicht merken kann. Sie heißt Ela Kalinowska und übersetzt Romane der Weltliteratur neu. Ich bemerke das immer sofort, wenn Menschen etwas Besonderes sind.

Katharina zog mit beiden Händen ihren Pferdeschwanz straffer und lächelte. Kati hatte die eine Großmutter sie genannt, die aus Budapest stammte. Tinka die andere von der Schwäbischen Alb. Tante Tine hatte sie Käte gerufen, weil sie selbst hässlich und unverheiratet geblieben war und der Nichte ein ähnlich verstaubtes, sorgenfreies Leben ohne Männer gewünscht hatte. Bei dieser Tante hatte man sie wegen Platzmangels eines Tages abgegeben. In ihrer Eineinhalbzimmerwohnung unter dem Dach hatte Katharinas Mutter nur die kleine Schwester behalten. Machte nichts, dort hatte es eh zu sehr nach alter Erbsensuppe gerochen.

Wegen meinem Kuchen, sagte Wanda, besuchen häufig Berühmtheiten unsere Bäckerei. Kommt mir ein Gesicht bekannt vor, lasse ich mir den Namen aufschreiben und schaue bei Google nach. Als vergangene Woche die beiden da draußen ein halbes Blech von meinem Bienenstich kauften, habe ich sie gleich gefragt.

Wanda sah auf die Uhr. Es war kurz nach zwei.

Kannst du bitte neuen Kaffee aufsetzen, Mädchen?

Ja, sagte Katharina. Kati und Tinka lächelten. Käte ärgerte sich über die Bezeichnung Mädchen. Das Paar draußen winkte über die Schaufensterdekoration aus Müsligläsern gefüllt mit Haferflocken, Kaffeebohnen und Birkenrinde hinweg Wanda zu und ging. Katharina sah ihnen nach. Das liebende Paar war eine Sache des Augenblicks. Es konnte nichts tun als warten, dass dieses Wunder, die Zeit der Liebe, ablief. Davon wusste sie mehr als ein Lied zu singen.

Ein Mann mit Zigarette im Mundwinkel war jetzt vor dem Schaufenster stehen geblieben. Sein Haar war dünn. Ein Ring lief um seinen Kopf, von der Baseballkappe, mit der er sich Luft zufächelte. In der anderen Hand hielt er einen taubenblauen Koffer. Er starrte Katharina an. Unangenehm, denn ein Blick länger als drei Sekunden war ein Kontakt.

Früh ist er heute, unser Staubsaugervertreter, sagte Wanda, sonst kommt er kurz vor fünf, wenn es Feierabendbrötchen zum halben Preis gibt. Wahrscheinlich wartet er darauf, dass ich mir seinen Namen auch einmal aufschreibe. Doch berühmt ist der bestimmt nicht. Bei dem Gesicht muss man doch gleich an haltbare Milch und zu lang gezogenen Tee denken, oder?

Katharina lachte. Der Staubsaugervertreter lächelte zurück. Dann ging er auf die Reihe parkender Autos am Straßenrand zu, verstaute den Koffer in einem hellgrünen Kleinwagen, setzte sich jedoch nicht hinters Steuer. Er überquerte die Fahrbahn und ging auf der gegenüberliegenden, sonnigen Straßenseite weiter, als seien ihm Richtung und Hitze egal.

Nach Feierabend packte Katharina die leeren Pfandflaschen aus Nicos Diele in Plastiküten. Lauter Milch-, Sirup- und Saftetiketten für die Rückgabe beim Supermarkt, aber keine einzige Wein- oder Whiskyflasche für den Glascontainer im Hof. War das nur ein falsches Indiz, das andere Indizien vertuschen sollte? Nico trank? Nico war einsam? Sie kannten sich seit der Schauspielschule. Die Ausbildung hatten sie zusammen in Berlin gemacht. Nico war älter als Katharina und hatte wirklich eine Tochter, aber schon eine große. Als Schauspielerin war Nico im gleichen schwierigen Alter wie sie. Zu alt für die strahlenden Rollen und für die gebrochenen Charaktere fast noch zu jung. Katharina steckte die Nase in eine leere Milchflasche, die offenbar nicht ausgespült war. Im Zimmer roch es nach Fußschweiß, sobald man das Fenster schloss. Unter dem Bett standen ausgetretene Schuhe und sprachen von Verwahrlosung und Einsamkeit. In der Küche gab es nur eine Mikrowelle, keinen Herd. Auf dem Geschirrabtropfer schrien alte Gummihandschuhe gelb, gelb, gelb und waren hässlich wie ihre Vorgänger und die, die ihnen folgen würden. Der Kühlschrank war von der Firma OSCH, weil das B abgefallen war, und der Spiegel im Bad, mit Zahnpasta bespritzt, wartete nur darauf, mit der Stimme von irgendeinem Agenten oder Regisseur zu sagen: Hopphopp, mach dir mal einen Lidstrich, dein Gesicht sieht ja ganz leer aus. Nico war immer hübscher als sie gewesen. Catherine Deneuve hatte der Lehrer für Rollenstudium sie genannt. Ihre Nico, stellte Katharina sich vor, hatte wie alle echten Alkoholiker, bevor sie kaputt gehen, für die Auftritte außerhalb der eigenen vier Wände eine zerbrechliche Vollkommenheit entwickelt. Sie war makellos, gerade wegen dieses einen, deutlichen Makels. Sie war schön.

Wie lange hatten sie sich nicht gesehen? Lange.

Als Katharina mit drei Tüten Leergut auf die Straße trat, war es noch hell. Der nächste Supermarkt hatte bis Mitternacht geöffnet.

Ich muss dir meine Familie vorstellen, sagte Wanda am nächsten Mittag und zog Katharina fort aus der kleinen Spül- und Backküche und durch den leeren Laden zur Straße. Der Mann am Tisch vor der Tür hatte eine Glatze. Das Mädchen, das Katharina wegen seines Schielens wiedererkannte, kraulte mechanisch den Hund, der die gleiche strubbelige Frisur hatte wie Wanda. Das sind Berna, Schlampe, mein Hund, und mein Mann Hans De Bonnaire, sagte Wanda. Ein Windstoß schickte trockene Blätter aus der Kastanie über ihnen, als hätte die Natur ebenfalls etwas dazu zu sagen.

Arbeitest du jetzt bei Oma?, fragte Berna.

Sieht so aus.

Aber Oma ist gar nicht meine Oma, sie ist meine Tagesmutter. Und du? Hast du Kummer?

Kummer? Wer hat dir denn so ein Wort beigebracht?

Gott!

Den kennst du?

Ich schon, aber du bestimmt nicht.

Berna!, sagte Wanda streng, setzte sich an den freien Tisch daneben und lehnte den Kopf gegen die Schaufensterscheibe.

Bist du berühmt?, fragte Berna. Oma sammelt nämlich Berühmtheiten. Bist du vielleicht eine Schauspielerin?

Ja.

Du lügst.

Katharina setzte sich neben Wanda und sagte: Meine erste Rolle war die Maria in einem Krippenspiel, im letzten Jahr vom Kindergarten. Lieber wäre ich der Josef gewesen. Der hatte einen langen Stab und mehr Text. Ich durfte nur ab und zu Ja-Ja-lieber-Josef sagen, und auch das nur, wenn ich gefragt wurde. Du lügst, sagte Berna. Am Nachmittag der Aufführung, sagte Katharina, hatte ich eine angeschwollene Mumpsbacke. Deswegen trat ich mit einer alten Gardine vor dem Gesicht auf. Wie eine richtige Burkatrulle, stellte Berna fest, aber du lügst trotzdem. Du bist keine Schauspielerin, sonst hätte ich dich bestimmt schon mal im Fernsehen gesehen.

Im Fernsehen eher nicht.

Nicht? Berna zog den Hund am Ohr. Dann bist du auch nicht berühmt. Hast du wenigstens einen Hund?

Nein.

Kinder?

Wanda legte Katharina die Hand auf den Unterarm. In einem Ton, in dem sich Ärger, Müdigkeit und ein Hauch von Niederlage mischten, fuhr sie Berna an: Du hast ja keine Ahnung, wenn sie Kummer hat, hat sie auch Kinder. Ihre Tochter heißt Ronja, und die ist viel besser erzogen als du. Sie spielt sogar Klavier.

Ist die hübsch, diese Ronja? Hat die lange Haare?

Berna streichelte jetzt energischer den Hund, der sich unter ihrer Zärtlichkeit duckte.

Ja, ganz lange Haare, sagte Katharina, und sie hat so viele Sommersprossen auf Armen, Hals und Gesicht, als hätte Gott sie dort gesät, damit sie nur Freude erntet.

Also glaubst du doch an Gott, sagte Berna, hast du auch einen Mann?

Wieso, hast du einen?

Berna ließ vom Hund ab und kniff die Spitzen ihrer dünnen Schnittlauchhaare mit zwei Fäusten zu Locken, die nicht hielten. Ihre winzigen Fingernägel waren rosa lackiert.

Ja, er heißt auch Joseph, Joseph Stankowski. Ich werde ihn heiraten. Und wie heißt deiner?

Karl, sagte Katharina, und dachte: Karl, das Projekt der nächsten Jahre.

Kommt er gleich, dein Karl?

Ja, in drei Minuten.

Sucht er einen Parkplatz?

Jetzt lass doch, Berna, sagte Wandas Mann, der De Bonnaire hieß, und fuhr sich mit der Hand über die Glatze. Er hatte ein langes, sanftes Gesicht wie ein Pferd. Wanda öffnete den obersten Knopf ihres Kittels. Ist sie nicht hübsch?, fragte sie und zeigte auf Katharina.

Hübsch? Finde ich nicht, sagte De Bonnaire, aber ganz lustig.

Mit der Rechten griff er nach seiner Linken und drückte sie, als freue er sich über seine unverhoffte Schlagfertigkeit. Wanda hob den Hund von Bernas Schoß und spreizte die Schenkel. Der Kittel spannte sich zum Sprungtuch. Zärtlich setzte sie den Hund dort ab.

Hör nicht auf ihn, sagte sie zu Katharina, drückte den Hund an ihren Bauch und beugte sich näher. Ich sag dir jetzt mal was. Weißt du auch, warum meine Schlampe hier Schlampe heißt? Wanda nahm die Vorderpfoten des Hundes und schlug sie sanft gegeneinander. Weil ich dann beruhigt sein kann, wenn die Leute auf der Straße Schlampe! hinter mir herrufen, dann ist nämlich der Hund gemeint. Nicht ich.

Noch immer schlug sie die Vorderpfoten gegeneinander.

Applaus, Applaus, sagte De Bonnaire, und Berna fügte hinzu: Applaus für Karl.

Sie zeigte auf die Straßenseite gegenüber, das ist doch dein Karl, oder?

Der Staubsaugervertreter stand in einem Streifen Sonne und sah besser aus als am Tag zuvor. Vorsichtig hob er die Rechte, um auf sich aufmerksam zu machen. In der Linken hielt er eine Zigarette.

Der ist aber zu alt für dich, sagte Berna, reckte sich zum Nachbartisch und legte eine kleine klebrige Hand auf Katharinas Knie.

Es war die Hitze, die jedem Tag ein unendliches Haltbarkeitsdatum gab.

Die Frühschicht, mal mit, mal ohne Wanda, hatte für den Sommer ein junger Türke übernommen, der mit dem Inhaber verwandt und eigentlich Medizinstudent war. Vormittags frühstückte Katharina mit ihm, wenn sie gegen acht kam und gerade keine Kundschaft da war. Kam sie gegen neun, machten sich bereits Bauarbeiter an den zwei Tischen im Freien breit und aßen Bockwurst mit Senf. Sie flirteten trotz Hitze. Katharina flirtete zurück und trank Bauarbeiterkaffee mit ihnen, für Einszehn komplett mit Milch und Zucker. Zu einem, der die weißen Hosen eines Gipsers trug, sagte sie, sie heiße Blanche, als er nach ihrem Namen fragte. Er sagte: Was hatten deine Eltern mit dir vor? Bei dem Namen, kann man da überhaupt vögeln?

Bereits nach wenigen Tagen war sie aus der Zeit hinaus- und in einen grenzenlosen Sommerraum hineingefallen. War kein Kunde im Laden, tranken Wanda und sie um vierzehn

Uhr beim Schaufenster stehend einen zweiten Kaffee, mit Blick auf die Straße. Die Stadt roch wie früher nach Keller und Kompost, nach Gummi, Staub und Benzin. An den Fenstern waren die Jalousien heruntergelassen oder die Vorhänge vorgezogen. Ja, die Stadt lud dazu ein, auf ihren Bordsteinen zu sitzen, die Wange auf ein angezogenes Knie gelegt und so die Hitze über sich zittern zu lassen. Katharina schmierte Brötchen und setzte Filterkaffee auf. Sie kratzte Wandas Bleche ab, bevor sie sie in der kleinen Küche hinter dem Laden spülte. Am späten Nachmittag legte sie den gefrorenen bleichen Brötchenteig für den nächsten Backmorgen vor und packte übrig gebliebene Ware für *Die Tafel* ein, die jemand gegen neunzehn Uhr mit einem uralten Volvo Kombi abholen kam. Nach Feierabend stand sie beim Küchenfenster zum Hof und rauchte. Auf der Vorrichtung für Blumenkästen hatte ein bernsteinfarbener Aschenbecher seinen Platz gefunden. Die Geräusche der Nachbarn rückten mit anbrechender Dunkelheit näher, die Fernsehserie im Fenster zum Hof gegenüber, ein Dauersommerschnupfen im Stock unter ihr, ein Baby, das zahnte, im Dachgeschoss. Sie schaute hinunter in den Hof. In der Dämmerung gaben die Wäscheleinen der zertretenen Rasenfläche unter ihnen eine farbige Struktur, einen eckigen Sinn. Der Sommer legte sich über Katharina wie ein Tuch, und sie überlegte, ob sie nicht Heilpraktikerin werden sollte, in Dresden vielleicht. Da war sie zu Anfang mit Nico engagiert gewesen. Da war die Elbe. Den blauen Kittel wusch sie jeden Abend nach der Arbeit. Er trocknete bis zum nächsten Morgen, auch wenn er nicht aus Nylon war. Sie schaute Filme in Schwarz-Weiß an, in denen Männer Frauen Feuer gaben, bevor sie sie küssten. Manchmal lieh sie auch

Western aus der Videothek wenige Schritte vom Spätkauf entfernt. Sie sah Cowboys beim Galoppieren in der Steppe zu. Immer das gleiche Prinzip: weit, näher, vorbei. Einmal, als sie in Basel die Penthesilea gespielt hatte, hatte sie zur Bühnenbildnerin gesagt, dass ein Prospekt mit der Wüste von Colorado darauf den inneren Bildern des wüsten Kleist näher wäre als der Stapel grüner Wolldecken auf der Probebühne.

Was soll denn Kuscheln in Zeiten des Krieges?

Lern du erst mal deinen Text, hatte die Bühnenbildnerin geantwortet.

Es war am letzten Samstag im Juli, kurz bevor die Bäckerei Feierabend machte. Eine Weile lief ein Mann in seinem teuren Anzug vor der Reihe parkender Autos am Straßenrand auf und ab. Im Ausschnitt des Schaufensters sah sie, wie er dabei immer wieder zärtlich gegen den Stamm der Kastanie trat. Sie ging hinaus, um die zwei Tische auf dem Gehsteig abzuräumen, und hörte ihn telefonieren. *No, no, that's fine … five is great,* sagte er und drückte eine nächste Taste. Entschuldigung, meine Schöne, da bin ich wieder. Hatte doch gesagt, ich würde mich melden, und voilà, jetzt treibe ich erst einmal einen texanischen Freund in den Ruin, und dann bist du dran. Der Mann in dem teuren Anzug lachte und schaute Katharina dabei an, sagte: Okay, ich meld mich später, und steckte sein Handy weg. Seine Augen hatten die Farbe von grünen Oliven.

Wissen Sie, dass Sie einer Schauspielerin verdammt ähnlich sehen?, sagte er und ging auf sie zu. Mir fällt nur der Name nicht ein.

Katharina mit dem Wischlappen in der Hand öffnete den

Mund und beugte sich vor, als wolle sie in seinen Pupillen ihr Spiegelbild suchen. Er sagte: Tilda Swinton, genau, Sie sehen Tilda Swinton unglaublich ähnlich. Hat Ihnen das noch nie einer gesagt? Sie merkte, wie ihr Gesicht sich anspannte, dann abweisend und fast feindselig wurde, als hätte jemand sie gegen ihren Willen nackt fotografiert. Sie sagte: Ich finde, ich sehe nur meiner Schwester ähnlich, und er fragte: Ist die vielleicht Schauspielerin?

Nein, die macht etwas ganz Normales, wenn sie mal was macht und nicht nur auf einem Klavier vor sich hin dilettiert.

Der Mann fuhr sich mit der Hand in den Nacken und ging an Katharina vorbei in die Bäckerei, als hätte er sie bereits vergessen. Von hinten sah er genauso gut aus wie von vorn, ein echter *homme à femmes,* doch im Moment wohl zu müde, um genauer auf seine Wirkung zu achten. Sicher hatte er zu Hause eine Familie, die er liebte, aber nicht richtig leiden konnte.

Während Wanda im Laden Mohnstreusel vom Blech schnitt und dabei mit ihm plauderte, blieb Katharina vor dem Laden stehen und wartete. Ein Geruch nach Autoabgasen, vermischt mit dem nach reifen Tomaten, wehte durch die Straße.

Sind Sie für länger hier? Mit einem Tablett war der Mann auf die Straße zurückgekommen.

Sie zuckte mit den Schultern.

Er bestieg ein Rennrad mit Reifen, kaum dicker als ein Finger. Eine Hand lässig am Lenker, die andere unter dem Kuchentablett, fuhr er davon. Katharina sah ihm nach. Bevor er beim Spätkauf um die Ecke bog, drehte er sich um, warf das Tablett wie ein Jongleur hoch und strahlte sie an, als sei ihm plötzlich eingefallen, dass er sie eigentlich sehr mochte.

Dienstags kommt er in Porsche und Anzug vorgefahren,

sonnabends mit dem Rad, sagte Wanda, die unbemerkt neben Katharina getreten war und ihr den Arm um die Hüfte legte. Ich selber habe schon Männer in Bäckereien kennengelernt, in Ost und West. Der hier kommt wegen meines Mohnstreusels und weil er mich lustig findet, seitdem ich mal zu ihm gesagt habe, ich schufte hier im Laden wie eine Hafennutte. Er ist nämlich in Hamburg geboren.

Hast du ihn gegoogelt?

Ja, er heißt Karl.

Und weiter?

Wanda lachte. Was weiter? Sieht man doch, Süße, dass der gefährlich ist.

Der Tag darauf war ein Sonntag und die Bäckerei blieb geschlossen. Nachmittags nahm Katharina trotz Hitze das Rad von Nico und fuhr im Viertel herum, das in der gleißenden Sonntagshelligkeit etwas Ewiges, Vertrautes und Ausrangiertes bekam. Das mochte sie. Als sie sich selber im Vorbeiradeln in einem Schaufenster musterte, dachte sie, ich bin aber dünn, ich bin aber jung geworden. Da mochte sie sich. Euphorisch geworden, versuchte sie auf der leeren Straße freihändig zu fahren. Es gelang. Was wollte sie mehr? Was zählte, was blieb am Ende? Nicht die ungewöhnlichen Ereignisse im Leben, sondern die Zeit, in der nichts geschieht, sagte sie sich, in der jemand einen Gartenschlauch von da nach dort legt, Schnee unter den Füßen knirscht, es dunkel wird. Was bleibt, das sind die Nachmittage auf einem Balkon, wo nichts passiert, außer dass die Sonne wandert und die Schatten länger werden. Nur das Kurzlebige und Vergängliche verdienen es, festgehalten zu werden. Bei einem Park mit See legte sie das Rad ins Gras und sich daneben. Sie dachte, Sommer an sich kann ein schöner Ort sein. Selbst das Alleinsein fällt da nicht so auf. Nicht bei der Hitze. Ausnahmsweise rauchte sie, bevor es Abend wurde, um einer plötzlich aufsteigenden Sonntagstraurigkeit eine bläuliche Gestalt zu geben. Vielleicht war die Hitze schuld, dass es ihr so vorkam, als verliefe das Leben nicht mehr vorwärts, sondern in immer gleichen Schleifen. War das eigentlich noch ein richtiges Leben? Waren das nicht nur dessen Nachwehen, die das melancholische Einverständnis mit dem Scheitern leichter machten? Nicht mit dem kleinen Scheitern im Beruf oder in der Liebe, sondern mit dem großen? Sie zündete die nächste Zigarette an.

Ob Karl wohl rauchte?

Eine knappe Stunde später sagte sie zum Rad: Komm, wir brechen auf. Wo der Park auf die Straße stieß, saß ein sommersprossiges Mädchen auf der Bank eines Spielplatzes. Mit den Füßen malte es Kreise in den Sand. Als Katharina ein Foto machte, schaute das Mädchen wie ertappt hoch und hatte das Gesicht eines verfrorenen Seelchens.

In der Nacht träumte sie, sie kommt in ihrem Viertel hier oder einem anderen am Marktplatz vorbei, auf dem um diese Zeit aber kein Markt ist. Der Kirchturm am Kopf des Platzes gehört nach London, obwohl hier nicht London ist. Die Zeiger leuchten, es ist kurz vor Mitternacht. Irgendwer hat einen Kübel Tulpen zwischen den dunklen Gerippen der abgebauten Marktstände stehen lassen. Sie nimmt einen Strauß. Mit den Blumen in der Hand betritt sie ein Haus. Eine Party wird gefeiert, und sie erkennt Nicos Haus. Sie ist nicht eingeladen, hat aber zum Glück die Blumen dabei. Gemeinsam mit anderen Gästen, die aussehen wie ein Sonderkommando in schweren Mänteln, geht sie die Treppe in den ersten Stock hinauf. Überall an den Wänden sind Fotos von Personen, die sie aus Nicos Leben nicht kennt. Wo ist Nico? Hier gibt es keinen Nico, sagt einer der schweren Mäntel. Mord, schreit sie, und jemand zeigt auf ein Telefon an der Wand, an dem der Hörer herunterhängt. Es ist zwanzig nach acht, sagt eine Digitalanzeige auf der alten Drehscheibe. Eben auf der Straße war es Mitternacht. Sie greift nach dem baumelnden Hörer. Wo ist Nico?, fragt sie. Ein kosmisches Rauschen antwortet. Hallo? Wieder das Rauschen. Auf dem Weg zwischen Marktplatz und jetzt musste sie sich auf der Höhe der Tulpen in der Zeit verlaufen haben.

Schwere Schritte aus der Wohnung über ihr hatten Katharina geweckt. Oder war das der fette, brummende Käfer gewesen, der hartnäckig über sie hinwegflog und wohl in der Kastanie vorm Fenster wohnte? Kurz nach sieben stand sie auf, zog sich an und ging zum Frühstück nach unten.

Vor der Bäckerei hockte Berna allein und krümelte an einem Schokocroissant herum. Katharina setzte sich zu ihr und zeigte auf ihrem Handy die Fotos von gestern, vom sommersprossigen Mädchen. Das ist Ronja, Ronja in Wien, sagte sie und zoomte mit zwei Fingern das Gesicht näher. Auf dem nächsten Bild war auch der Sand des Spielplatzes mit drauf, und sie sagte: Das ist Ronja an der Ostsee.

Berna schaute kritisch: Die hat aber Ränder unter den Augen, bestimmt vermisst sie dich.

In der Rechten trug der Staubsaugervertreter den taubenblauen Koffer und in der Linken die Baseballmütze. Er sagte einen Namen, den sie nicht verstand, aber das Gesicht hatte sie wiedererkannt. Ich komme von der Firma Vorwerk, sagte er und schob den Fuß in die Tür. Sie überlegte, ob er wohl Hühneraugen hatte, und sagte: Ich kaufe trotzdem nichts. Schon stand er mit seinem Koffer in der Diele, warf einen Blick durch die halb geöffnete Tür in Nicos großes Zimmer, dann einen zweiten auf das Klavier in der Diele und einen dritten auf die vier leeren Bierflaschen gleich daneben.

Haben Sie denn keine Teppiche?

Nein.

Trotzdem bückte er sich, um die Schnallen des Koffers aufschnappen zu lassen. Ein Streifen schlechter Haut blitzte zwischen Gürtel und einem Blouson auf, der viel zu warm war für das Wetter. Sicher hatte er irgendwo auch ein miserables Tattoo.

Vorwerk, sagte er, das sagt Ihnen doch was, oder?

Gleich würde er ein ganzes Bataillon von Schläuchen und Bürsten aufmarschieren lassen. Doch er drehte sich nur mit einem Bürstchen in der Hand zu ihr, drückte es zwischen Nase und Lippe und schnarrte: Stillgestanden!

Sehr komisch, sagte sie, Sie sollten zum Theater gehen.

Der Verkauf beginnt, wenn der Käufer Nein sagt, sagte er und warf das Bürstchen zurück in den Koffer. Es landete daneben. Er beachtete es nicht, sondern ließ den Blick langsam über ihr Gesicht wandern.

Sie haben ein so einzigartiges und doch unauffälliges Gesicht, sagte er, so ein Gesicht ist Gold wert, wissen Sie das? Leben Sie allein?

Wieso?

Wir bieten flexible Arbeitszeiten, gute Provisionen, angenehmes Betriebsklima. Vielleicht brauchen Sie ja Arbeit. Haben Sie Kinder?

Er schob eine Hand in die Hosentasche, und sie schüttelte langsam den Kopf, wobei unklar blieb, ob sie so seine Fragen beantwortete oder die Antwort verweigerte.

Die Zahl der Vertreter unseres Unternehmens, die Kobold-Staubsauger verkaufen, hat stark abgenommen, sagte er, und der Ruf des Staubsaugerverkäufers scheint nicht dazu angetan zu sein, den Mangel an Fachkräften zu beheben. Jemand mit so einem Gesicht wie Ihrem kann für ein ganzes Unternehmen das Ruder rumreißen.

Nun bückte er sich doch, um das Bürstchen aufzuheben. Er warf es zurück in den Koffer. Im Aufrichten zielte er mit dem Finger auf sie.

Ich habe Sie neulich schon erkannt, ja, ich habe Sie erkannt!

Schön, sagte sie, geht es auch genauer?

Er kam näher.

Runter vom Gas, sagte er.

Katharina lächelte. Demütig lächelte er zurück. Es war das erste Mal, dass jemand sie wegen der Aktion *Runter vom Gas* erkannt hatte. Seit einem Jahr hing ihr Gesicht bundesweit auf einem Plakat am Randstreifen gefährlicher Autobahnabschnitte. So sieht ein somnambules Pferd aus, das sich in schönere Landschaften hineinträumt, hatte sie am Ende des Shootings gedacht, als sie die Fotoauswahl sah. Ihre Agentin hatte sie für jene Kampagne dem zuständigen Bundesministerium vermittelt. Diese Katharina aus ihrer Kartei, mittelgroß, mittelblond, mittelalt, sei gesegnet mit den Zügen irgendeiner oder jeder Frau von der Straße, hatte sie geworben, diese Frau sei schön, ohne deswegen größere Hoffnungen tragen zu müssen. Es sei ein Gesicht, mit dem nicht etwas anfinge, sondern etwas aufhöre, und somit die perfekte Besetzung für die Kampagne *Einer rast, zwei sterben / Runter vom Gas.* Der fiktive Raser neben ihr hatte Katharina damals gefallen. Doch in jener Zeit hatten ihr aus lauter Ratlosigkeit viele Männer gefallen, rein fiktiv wenigstens.

Der Staubsaugervertreter trat noch näher an sie heran und zog ein Stück Pappe aus der Hosentasche, das sich wie ein Staubsaugerbeutel anfühlte, als sie danach griff.

Meine Visitenkarte, und eins noch, sagte er, selbst wenn ich mich wiederhole: Ihr Gesicht ist Gold wert. Die Leute werden Ihnen die Ware aus der Hand reißen wie mir Anfang der Neunziger, als ich meine Touren in den neuen Bundesländern hatte. Wissen Sie, wie viele Kobold-Staubsauger ich damals in Pirna verkauft habe?

Nein.

In einer Woche?

Katharina schüttelte den Kopf.

Ich weiß es auch nicht mehr, aber es waren unanständig viele.

Er setzte seine Baseballmütze auf und wandte sich zum Gehen. Die Türklinke in der Hand, sah er sich noch einmal um. Offensichtlich hatte er Probleme mit dem Nacken, denn er drehte den ganzen Oberkörper zu ihr.

In Deutschland, junge Frau, sind wir nicht so erfolgreich, weil wir so nett sind, sondern weil wir so gut verkaufen. Sie wissen das, ich weiß das auch. Doch ich bin für all das zu müde, das merken Sie und ich auch.

Sanft zog er die Tür hinter sich zu, so wie man des Nachts die Tür zu einem Kinderzimmer schließt. Sie lief zum geöffneten Fenster hinter Nicos Bett, vielleicht, um ihn fortfahren zu sehen. Von fern summte der Verkehr Richtung Autobahn und Flughafen. Er verstaute seinen Koffer im Wagen, stieg ein, aber fuhr nicht los. Er saß hinter dem Lenkrad und versuchte wahrscheinlich durch die Frontscheibe zu ihr hinaufzuschauen.

Vor der Bäckerei machte Wanda kurz vor Feierabend eine Kaffeepause im warmen Schatten der Hauswand. Drinnen schabte Katharina neben Berna Kuchenreste von den leeren Blechen und sammelte das Gekrümel auf einem Teller. Mit vollem Mund sagte Berna: Ich darf gar nicht hier bei dir in der Küche stehen, und Katharina fragte: Wieso nicht?

Wegen der Gesundheitspolizei.

Die Gesundheitspolizei kommt bei der Hitze nicht.

Und wenn sie kommt?

Dann laufen wir.

Ich liebe dich, sagte Berna.

Ein offener Porsche hielt vor der Bäckerei, und ein blondes, dickliches Mädchen von vielleicht siebzehn oder achtzehn Jahren stieg aus. Eine ebenso blonde Frau, die wie die Mutter dazu aussah, blieb hinter dem Steuer sitzen. Sie musterte den Laden, bis ihr Blick auf dem Hintern der Tochter innehielt und etwas Abwesendes oder Abweisendes bekam. Dann schien sie in ihrem Porsche in einen Schlaf mit offenen Augen zu fallen. Sie hatte weder Wanda draußen noch Katharina drinnen wahrgenommen. Hinter dem Kuchentresen einer kleinen Bäckerei wird man unsichtbar, unsichtbar wie die Sklaven einer Galeere, die unten bleiben, wo die schweren Ruder schlagen, dachte Katharina. Warum hatte Wanda nie ihre Sommeraushilfe gegoogelt? Mit zwei oder drei Geschichten von einer Tochter Ronja, die Katharina immer mühelos erfand, sobald sie sich vor Gott, der Welt und sich selbst wegen ihrer Kinderlosigkeit schämte, war das Bild von einem Leben fertig gewesen, das in nichts über sich hinauswies. Oder waren es die geliehene Pracht und der geborgte Kummer in den Geschichten, die Katharina so überzeugend und zu einer Scheherazade im Kittel machten? Neulich hatte Wanda nach Ladenschluss die zwei Tische vor der Bäckerei zum Balkon erklärt, um ihren Geburtstag dort zu feiern. Nach der zweiten Flasche Sekt war Katharina vor Wanda, Berna, Schlampe und De Bonnaire in Fabulierstimmung gekommen, hatte von sich und einem Leben erzählt, das so real sein konnte oder so ausgedacht, dass es das reale verdoppelte. Alle waren sie danach versorgt gewesen mit einem Satz Erinnerungen an Lebenssituationen, in denen sie nie gewesen waren. Sie waren mit der Hoffnung ins Bett gegangen, dass in der Not jedem von ihnen eine Wohnung aus Geschichten offen stand.

Die vier Stücke Mohnstreusel, bitte, die mein Vater heute früh schon bezahlt hat, sagte das blonde Mädchen, als es die Bäckerei betrat.

Das Tablett steht schon eingepackt bei den Toskanabrötchen, rief Wanda von draußen, ohne ihre Stellung zu verlassen.

Katharina schob den reservierten Kuchen über den Tresen.

Sollen wir für Samstag auch zurücklegen?

Nein, wir sind dann erst mal für vier Wochen im Urlaub, antwortete das Mädchen.

Wohin fahrt ihr denn?, fragte Berna, die mit wichtigem Gesicht aus der Küche kam und einen Putzlappen über den Tresen schwang.

Irgendwie in ein Haus am Meer. Spanien, aber wie genau der Ort heißt, weiß ich gar nicht, sagte das blonde Mädchen.

Neid, sagte Berna, sobald sie wieder allein im Laden waren, aber für Bikini ist die zu dick.

Drei Tage später fuhr ein Rettungswagen mit Blaulicht durch die Straße, als Katharina zum Spätkauf wollte, um Zigaretten zu holen. Der Besitzer war ein Verwandter des Bäckereiinhabers. Sie plauderten eine Weile und versicherten einander, dass man im Sommer nicht aus Berlin fortfahren müsse. Denn gerade in den heißen Monaten sei die Stadt besonders schön. Schöner als Istanbul, sagte der Mann vom Spätkauf. Schöner als Paris, sagte Katharina, obwohl sie im Sommer noch nie in Paris gewesen war. Die Welt, sagte er, sei bei so einem Wetter einfach ein freundlicher Ort und er wünsche sich, dass es so bleibe.

Alles möge so bleiben, inschallah, sagte er ernst.

Ein schöner Mann, dachte sie, selbst wenn er seine Oberarme im Sportcenter erworben hat.

Unter der Tür gab er ihr Feuer. Während sie sich zwei oder drei Herzschläge lang vorstellte, dies geschähe in einem Schwarz-Weiß-Film und er würde sie gleich küssen, zeigte er auf die gegenüberliegende Straßenseite.

Da geht es aber jemandem gar nicht gut, sagte er.

Die Leuchtschrift über der Bäckerei war längst erloschen. Das Schaufenster darunter stierte dunkel auf den Gehsteig. In die Lücke zwischen einem angeketteten Stuhl und dem dazugehörigen Tisch hatte sich Berna gezwängt. Der Hund saß angeleint zu ihren Füßen. Muss Schlampe nicht ins Körbchen?, rief Katharina fröhlicher als gewollt, während sie die Straße überquerte.

Oma stirbt, antwortete Berna leise, sie hat gebrüllt wie ein Tier. Ein Krankenwagen hat sie eben abgeholt.

Katharina zwängte sich auf einen Stuhl neben Berna und bemühte sich, nicht erschrocken auszusehen.

Ist schlimm, das mit dem Krankenhaus, aber es heißt nicht, dass deine Oma stirbt.

Berna nahm sich eine Strähne von ihrem dünnen Haar, kaute darauf herum und flüsterte: Oma ist ja nicht meine Oma, aber ich liebe sie. Weißt du eigentlich, ob es nachts so dunkel ist wie unter der Erde?

Es war einmal, als ich so alt war wie du, sagte Katharina, da habe ich mich in einem Sommer wie diesem auf dem Friedhof neben dem Haus meiner Tante um die verwahrlosten Gräber toter Kinder gekümmert.

Warum?

Wer tot ist, habe ich mir gesagt, ist nur verschwunden, aber kann jederzeit wiederkommen.

Stimmt das?

Weiß ich nicht, aber es hilft.

Was hast du gepflanzt?

Gemüse, sagte Katharina, Tomaten, Bohnen und auch Salbei. Im Windschatten der Grabsteine habe ich Lavendelkerzen angezündet, weil Lavendel den Schlaf fördert.

Du warst ja eine richtige Friedhofsbäuerin, sagte Berna, und hat dann dein Gemüse auch nach Kind geschmeckt?

Sie schob eine kleine, kalte Hand in Katharinas. Ein Fenster öffnete sich im ersten Stock über der Bäckerei. Deutlich hörten sie beide eine Frau telefonieren und während des Gesprächs in der Wohnung herumlaufen. Eine Schublade wurde aufgezogen. Besteck klapperte. Sie räumte wohl die Spülmaschine aus. Im Hintergrund verstärkten sich die Geräusche einer glücklichen Familie, die darauf wartete, dass Mutter endlich aufhörte, mit der Welt draußen zu sprechen. Denn ohne Mutter war es beim späten Abendbrot kalt unter dem Tisch.

Später, als Berna ging, schaute Katharina ihr nach, wie sie sich von Schlampe abschleppen und von einer Hundemarkierung zur nächsten zerren ließ. Zum ersten Mal fiel auf, dass Schlampe eigentlich ein Rüde war.

Morgens gegen sechs wachte Katharina von einem Gewitter auf.

Kurz nach sieben, als es mit dem Weiterschlafen nichts mehr zu werden schien, duschte sie kalt und zog sich an. Vielleicht brauchte man sie heute früher in der Bäckerei. Auf der Straße war es kühler als in den Wochen zuvor. Regen und Wind hatten erste Kastanienblätter auf dem Gehsteig verteilt. Im Hochparterre des Wohnhauses gegenüber gurgelte jemand mit einem Glas in der Hand bei offenem Fenster. Beide Tische vor der Bäckerei waren leer. Hinter dem Tresen stand der Inhaber persönlich und schmierte Brötchen. Er sagte: Ausgerechnet heute ist eine Bestellung für drei Bleche von Wandas Streuselkuchen eingegangen für die Beerdigung eines ehemaligen Bezirksbürgermeisters. Können Sie backen?

Nein.

Okay, sagte er leise und rief laut: Emine! Sevgi!

Zwei junge Frauen, Ende zwanzig, in ärmellosen Sommerkleidern kamen aus der Küche und wischten sich die Hände an zwei karierten Trockentüchern ab. Beide hatten sie hochgestecktes, pechschwarzes Haar.

Die können alles, sagte der Inhaber, auch backen nach Wandas Rezepten.

Katharina lächelte die zwei Schneewittchen an.

Sie sind etwas ganz Besonderes, sagte sie, alle beide. Schwestern?

Beide nickten.

Emine backt, aber nur wenn Sevgi dabei ist, sagte der Inhaber, und drei Frauen kann ich nicht bezahlen, selbst wenn eine nur Aushilfe ist wie Sie.

Er öffnete die Kasse und zählte den Rest von Katharinas Lohn nach, bevor er ihn in einem Umschlag über den Tresen reichte.

Mögen Sie vielleicht noch einen Kaffee?, fragte Emine, und Sevgi schob einen neuen Filter in die Maschine.

Später vielleicht, sagte Katharina, ging zur Tür und warf einen letzten Blick auf die Schaufensterdekoration aus Müsligläsern. Wie lange war es eigentlich her, dass sie geglaubt hatte, die Leute gehörten auch dorthin, wo man sie antraf?

Neben dem Waschbecken im Bad lagen noch immer BH und Slip von vergangener Nacht auf der Frotteematte. Nicos Sachen im Schrank hatte sie in all der Zeit nicht angerührt, aber drei Blumenkästen am Küchenfenster zum Hof angebracht, wo auch der Aschenbecher noch immer seinen Platz hatte, aber jetzt zwischen zwei Kästen mit Lavendel und Kornblumen. Sie holte die Reisetasche unter dem Bett hervor und schubste ein Paar hochhackiger Schuhe zurück ins Dunkel. Den Schlüssel zur Wohnung ließ sie in den Briefkasten fallen. Als sie das Haus verließ, lief sie Berna in die Arme, die einen zu großen Ranzen auf ihrem Rücken schleppte.

Wie geht es deiner Oma?

Berna zuckte mit den Achseln und zeigte auf die Reisetasche.

Fährst du zu Ronja?

Ja, und stell dir vor, die spielt jetzt schon richtig gut Klavier, aber leider raucht ihr Vater wieder.

Der Karl?

Genau der.

Wann kommst du wieder?

Katharina zog die Lippen nach innen. Bald, sagte sie. Danach hatte sie es plötzlich eilig.

Berna nicht. Die musste nur zur Schule.

Am Bahnhof ging sie auf eine öffentliche Toilette, zog die Polizeiuniform an und nahm wenige Minuten später den nächsten ICE. Der fuhr nach Köln. Als sie dort umstieg, traf sie auf dem Bahnsteig eine Gruppe von Behinderten. Sie folgten ihrem heimlichen Anführer, einem freundlichen Irren mit zerknautschtem Gesicht, in dem noch viele Irre mehr Platz hatten. Hallo Kacke, sagte er, als er Katharina sah, und nahm ihre Hand. Eine Frau aus der Gruppe fing an zu weinen, lief auf schiefen Absätzen kopflos davon und fast vor den nächsten Bahnsteigkarren der Bundespost. Katharina schüttelte die weiche Hand des Irren, bis er losließ. Tschüs, Kacke, tschüs, Schatzi, ich muss zu meiner Verlobten, sagte er, bevor er hinter der weinenden Frau herlief.

DASS MAN DURCH BELGIEN MUSS ...

Kurz bevor er die neue Stelle als Vertriebsleiter eines Verlags für juristische Literatur antrat, fuhr er zu einer Weiterbildung nach Bad Münstereifel. Er hatte seine eigenen Erinnerungen an die Eifel. Dort hatte er an einem späten Nachmittag in einen Wald aus Licht und Bäumen hineingesehen und gesagt: Jetzt werde ich glücklich sein. Das war vor fast vierzig Jahren gewesen. Jetzt war er einundfünfzig und auf dem Kalender stand *Samstag*. Tags zuvor hatte ihn die Nachricht erreicht, dass seine kleine Tante sich das Leben genommen hatte. Seitdem sie vierzehn war, hatte sie in einer Schirmfabrik am Fließband gestanden. Eine Freundin, die mit ihr jeden Morgen um fünf im gleichen Bus zur Arbeit gefahren war, hatte angerufen. Die kleine Tante war ein Jahr älter als Viktor. In einer Kurve hatte sie sich auf die Schienen eines Zugs gelegt, der durch die Eifel nach Belgien fuhr. Gut, dass Sommer war. So hatte kein Raps längs der Bahnstrecke geblüht und gelb, gelb, gelb geschrien, als die kleine Tante starb.

Eigentlich war sie immer eine fröhliche Person gewesen.

Zum Nachtessen gab es roten Tee und Schnittchen mit Gurkengarnitur, was zur Tagungsstätte Bad Münstereifel passte:

eine Jugendherberge für Erwachsene mit dem Geruch nach evangelischem Kirchengemeindesaal, wenn Viktor die Kleiderschranktür öffnete. Nach dem Abendessen ließ er sich mit den Kollegen vor einer kahlen Wand fotografieren von einer der weißen Küchenfrauen mit Haarnetz. Sie kicherte, während sie die Fotos machte. Neulich, am Valentinstag, sagte sie, sei sie in einem geilen Gottesdienst für Verliebte gewesen. Sie schaute Viktor dabei an. Ihr Gesicht war ein blanker Apfel, und sie roch nach Kernseife, als sie ihm die Kamera zurückgab.

In seinem Zimmer kippte er das Fenster für die Nacht, warf das Plumeau vom Bett und holte stattdessen eine braune Wolldecke aus dem Kleiderschrank. Sie roch, wie Wolldecken eben riechen. Für Viktor nach Eifel.

Irgendjemand aus der Eifel-Verwandtschaft hatte eine Autowerkstatt in Kalterherberg gehabt. Im Wohnzimmer dort stand ein grünes Sofa, das breit genug zum Schlafen war, und zwischen den Brokatkissen saß eine aufgetakelte Puppe von der Kirmes. Sie war blond und hässlich, aber hergeben wollte sie keiner. Vom Wohnzimmerfenster des selbst gebauten Bungalows aus konnte man die Hebebühnen der Garagenwerkstatt und die rostigen Hinterteile von meist zweitürigen Autos sehen. Zwei kleine Ortschaften weiter hatte der Bauernhof gestanden, wo die kleine Tante mit einem Verwandten lebte. Ein hufeisenförmiges Fachwerkhaus war um einen hölzernen, einsamen Alten und ein strichdünnes Mädchen herumgebaut. Jedes Jahr zu Beginn der großen Ferien warteten der Alte und die kleine Tante beim Tor des Gemüsegartens auf den Jungen aus der Stadt.

Raucht deine Mutter noch?

Nein.

Was willst du mal werden, Viktor?

Schriftsteller.

Warum?

Weil das gemütlich ist.

Verschwindet, geht spielen, befahl der Alte dann, der von Anfang an zu alt dafür gewesen war, der kleinen Tante ein Vaterersatz zu sein. Trotzdem, er sagte ihr, was sie tun und lassen sollte, aber nicht, warum etwas richtig oder falsch oder die Welt außerhalb des Dorfes bisweilen so aus den Angeln war. Für seine einzige größere Reise hatte der Alte am Ende eines Sommers ein neues Hemd aus der Verpackung gerissen und sich einmal in seinem Leben die Haare aus Nase und Ohren entfernt. Er hatte dabei im Mittagslicht am Küchenfenster gestanden. Wegen einer Erbangelegenheit war er nach Aachen und von Aachen nach Berlin gefahren. Drei Tage später war er zurück. Viktor und die kleine Tante hatten beobachtet, wie er gleich beim Heimkommen das neue Hemd ausgezogen, zärtlich gefaltet und zurück in die Verpackung geschoben hatte.

In seinem Bett in Bad Münstereifel drehte Viktor das Gesicht weg von der Wand und zurück ins Zimmer. Die Dunkelheit vor seinem Fenster war nicht mehr stumm. Es regnete. Was sollte er jetzt tun? Einen Apfel essen, duschen, den Computer hochfahren? An Frauen denken? An welche? An all die, die sich nie nach ihm umgedreht hatten? An die kleine Tante, wie sie mit großen Augen ins Leere schaute? Ins Narrenkästchen glotzte, wie es der Alte immer genannt hatte?

Jemand draußen auf dem Gang sagte: Was man bis sechsundzwanzig nicht geschafft hat, das schafft man nie mehr.

Er stand auf. Die braune Wolldecke rutschte zu Boden. Er ließ sie liegen und öffnete vorsichtig seine Tür. Drei Neonleuchten, ein Schirmständer, fünf Kunstdrucke. Sonst nichts. Der Gang war leer. An seinem Ende schlug ein Fenster im Luftzug.

Hörte er Stimmen?

Er ging zurück in sein Bett, schaltete den Fernseher an und zappte sich durch bis zum Kulturkanal. Bob Dylan beim New Portland Folk Festival 1963 bis 1966. Mit akustischer Gitarre und Mundharmonika näselte er seine Hits, als seien es Kirchenlieder. *Blowin' in the wind, Mr. Tambourine Man.* In einer Großaufnahme von 1964 winkten im Hintergrund einige Portland-Bäume heftig mit ihren Zweigen in Viktors Zimmer hinein, und auf Klappstühlen saßen Menschen mit schräg gelegten Köpfen, um ihre Andacht auszudrücken. Aber Dylan lächelte über sieben oder acht dicke Mikrofone und die Jahrzehnte hinweg nur ihn an, der damals noch in Windeln gelegen hatte.

It's all over now, Baby Blue.

Er hob die braune Wolldecke vom Boden auf. Während der Nachspann lief, schaltete er Fernseher und Leselampe aus. Dann lag er auf dem Rücken.

Die Eifel gehörte in seine Kindheit, war jenes dunkle Land, das eine rot-weiße Bahnschranke von einem noch dunkleren Land jenseits der Bahnschranke trennte. Dort, keine hundert Meter vom Haus des Alten entfernt, lag Belgien. Unter einem dunkleren Himmel als diesseits der Schranke zogen schwere Pferde mit kaltem Blut Baumstämme an Ketten aus dem Waldinnern zum Waldrand. Nur einmal hatte er sich in das Land getraut, in Begleitung der Tante, jenes dünnen Mädchens, dünn wie ein zugebundener Schirm, den man überall vergisst. Sie trug eine Brille. Das Gras auf dem schmalen Weg stand ihnen beiden bis zu den Knien. Bei der Schranke blieben sie stehen. Zwischen den Holzbohlen der eingleisigen Strecke wuchs, was wollte. Kein Zug kam. Es kam schon lange kein Zug mehr. Die Sonne schaute ihnen tief in die Augen, und sie schauten zurück. Auf dem Weg zwischen der Sonne und ihnen lag Belgien. Die Tante packte zwei Bonbons aus, eins für sich, eins für ihn, und sie liefen mit Proviant im Mund über die Grenze. Als er den Schritt über die Gleise machte, war das Gefühl da gewesen, scharf und heiß. Es hob ihn in die Luft und ließ ihn gleichzeitig fallen. Es war wie Kettenkarussellfahren ohne Kettenkarussell. Alles stimmte. Das war Belgien. Besser wusste er es nicht zu sagen. Sie lief neben ihm her.

Ich bin deine Tante!

Du bist zu klein, um meine Tante zu sein!

Dann bin ich eben deine kleine Tante.

In der sommerlichen Langeweile damals hatte Viktors Leben nicht den Anschein, als würde es einmal groß ausfallen. Trotzdem. In der Lücke zwischen ihnen, durch die nicht einmal ein Vogel gepasst hätte, war in dem Moment noch jemand mit dabei. Ein gläserner Gast. Das Glück. So war es, und dann war es schon vorbei gewesen. In jenem Sommer schnitt sie sich die Zöpfe ab. Wie borstige Pinsel hatten die kinnlangen Haare danach vom Gesicht abgestanden. Der Alte hatte sie in den Stall gezerrt und auf ein krankes, halbnacktes Huhn gezeigt.

So siehst du jetzt aus!

Im Sommer darauf wusste Viktor, es würde sein letzter Besuch im Dorf sein. Auf dem gespannten Draht zwischen Garten und Zufahrt saß jeden Morgen die gleiche Meise. Der reglose Gast eines gleichgültigen Zauns. Viktor streichelte im Hof die Hühner, ritt auf der ältesten Kuh, wischte sich auf dem Plumpsklo den Hintern mit Zeitungspapier und ekelte sich vor dem gelben Fliegenstreifen an der Deckenlampe. Auf jeder Geste, jedem Gefühl hockte der Abschied. Er schlief unterm Dach neben dem Zimmer der Tante. Im Jahr zuvor hatten sie in einem Bett geschlafen. Jetzt lagen sie getrennt, zwischen ihnen eine geschlossene Tür, weil der Alte das so wollte. In der Nacht vor der Abreise kroch die Tante in sein Bett und versuchte, ihn zu verführen, ohne genau zu wissen, was sie da tat. Du riechst aber komisch, hatte er zu ihr gesagt, du riechst wie eine nasse Wolldecke, und sie hatte von ihm abgelassen. In den Jahren danach hatten sie telefoniert, ohne sich zu sehen.

An ihrem letzten Geburtstag rief die kleine Tante ihn an, nicht er sie. Damit du Gelegenheit hast, mir zu gratulieren, behauptete sie frech. Früher warst du anders, weißt du noch?

Früher waren wir jung.

Und weißt du noch, Viktor, dass man durch Belgien muss auf dem Weg zum Glück?

Na, so schön hatten wir es nun auch wieder nicht, hatte er da gesagt.

Nachdem er nicht Schriftsteller, sondern Vertriebsleiter eines Verlags für Sachbuchliteratur geworden war, hatte er die kleine Tante nur noch einmal zur Beerdigung des Alten gesehen. Er blieb über Nacht und telefonierte vom Festnetz in der Diele aus mit einem Studienfreund in Aachen. Der Freund war unverändert, aalglatt, gewandt und kalt wie eine Hundeschnauze, was Viktor immer schon imponiert und in dem Moment dazu animiert hatte, sich über die kleine Tante lustig zu machen. Sie ist winzig, sagte er, aber ihre BHs sind groß wie Zirkuszelte. Als er sich zur Küchentür drehte, sah er die kleine Tante gebeugt über der Spüle stehen und irgendeine Handwäsche in der Lauge ausdrücken. Am Morgen hatte ein Wäscheständer neben dem Telefon gestanden, auf den sie in der Nacht noch ihre BHs gehängt hatte.

In Viktors Vorstellung hatte die kleine Tante die Brille abgenommen und in den Schotter zwischen den Schienen gelegt, als sie den Zug herankommen hörte. Und als dessen Sog die Luft verschloss?

Am Sonntagmorgen blieb Viktor bis zur letzten Sekunde unter der braunen Wolldecke liegen und genoss den geschütztesten Moment des Tages. Es war fast ein frommes Gefühl, das noch unter der Dusche anhielt und erst im Frühstücksraum der Weiterbildungsstätte Bad Münstereifel wieder verschwand, wo die Kollegen auf ihre Frühstückseier eindroschen und einander versicherten, Jesus Christus werde ebenso häufig getwittert wie Justin Bieber oder Brad Pitt. Ein Kollege aus einem der christlichen Verlage berichtete von der Neuauflage eines Bestsellers aus aktuellem Anlass. Ein Klavierlehrer war im Jahr 89 zum Islam konvertiert, hatte, der Stimme Allahs folgend, zwei seiner Schülerinnen enthauptet und sich selber nach der Verhaftung in der Psychiatrie umgebracht.
Wie heißt das Buch mit diesem Klavierlehrer?

Der Glaube und die inneren Stimmen, sagte der Kollege.

Fatal eben, wenn ein absolutes Gehör sich selbstständig macht, sagte Viktor.

Alle lachten. Andere Küchenfrauen als gestern hatten Dienst, aber trugen ebenfalls Haarnetze. Zum Bahnhof ging er früher als die Kollegen und allein. Auf Gleis eins Richtung Köln begegnete er einem Besoffenen, der den Fahrplan auswendig wusste. In einer roten Eifelbahn schlief er ein, den Kopf an der Scheibe. Als die Lok einmal abrupt bremste, schlug er die Augen auf und sah ein Kieswerk hinter dem menschenleeren Bahnsteig. Eine einzelne Frau in Gummistiefeln stieg aus. Er hatte geträumt, er sei als Junge in einem ganz alten Sommer beim Hof des Alten wieder angekommen, die Hosen hochgekrempelt und Steinchen die Dorfstraße hinunterkickend, Richtung rot-weißer Bahnschranke bis zur Grenze nach Belgien. Als ihn ein Unbekannter mit dem Gesicht eines Pferdes streng etwas fragte, was er nicht verstand, sagte er im Traum: Ich bin aber schon zwölf.

In Monschau stieg er beim Bahnhof um in einen Bus. Als er in Kalterherberg wieder ausstieg, stand unter einem Regendach die Freundin der kleinen Tante aus der Fabrik. Sie hob einen roten Schirm und winkte.

Es sei einfach schwer zu sagen, woran einer letzten Endes sterbe, sagte sie, während sie zum Auto gingen.

Es gibt übrigens einen Abschiedsbrief.

Viktor blieb stehen. Was steht drin?

Dies und das, sagte die Freundin, und dass jemand bitte noch die Pfandflaschen zurückbringen soll.

 DIE CHINESIN

Er stand von der Sonnenliege auf und ging durch eine gepflegte Wildnis zum hinteren Hauseingang. Mit zwei Fingern fuhr
er den langen Esstisch auf der Terrasse entlang, der für zwölf
Leute gedacht war. Eine Woche noch, dachte er, als er durch
das geöffnete Küchenfenster Frau und Töchter bei der Spüle
hantieren sah. Sie unterhielten sich über Brustvergrößerun-
gen, während sie einander im Weg standen und ihn nicht be-
merkten. Nichts von dem, was da drinnen in der Küche gesagt wurde, hätte er nicht auch im Radio hören können. Aber
es war kein Radio, es war Familie. Seine Frau lief energischer
auf und ab als die Mädchen, denen man im Gehen die Schuhe
hätte besohlen können, wenn sie welche angehabt hätten.
Karl hatte die Hoffnung auf die Zeit nach der Pubertät fast
aufgegeben. Seine Frau Nanette nicht. Sie war schlanker als
die zwei Töchter, die sich an ihrem Babyspeck festhielten,
vielleicht aus Protest gegen die flachen Bäuche ihrer durch-
trainierten Eltern. Die Jüngere hörte er jetzt sagen, sie wünsche sich zu ihrem achtzehnten Geburtstag ein Tattoo, von
der linken Hüfte aufwärts bis zur Brust.

Einen Drachen, sagte sie.

Und du so?, wandte sich die Mutter an die andere.

Ich?

Die Ältere war hübsch, aber zu dick. Sie zog sich den aschblonden Pferdeschwanz als Schleier über den Mund. Dann fing sie an, die Haarspitzen auf Spliss zu untersuchen. Eine Leidenschaft, wahrscheinlich ihre einzige. Ich werde das nicht erlauben, das mit dem Tattoo, hörte Karl seine Frau Nanette sagen. Wenn ich achtzehn bin, bin ich achtzehn, kam zur Antwort. Dann herrschte Stille in der Küche. Nur ein Messer oder irgendein anderes Besteck fiel auf die roten Steinfliesen des Küchenbodens. Eine Woche noch, dachte er wieder.

Mit Beginn der Schulferien war er mit seiner Familie in dieses Dorf gekommen, wo die Costa Brava vergessen hatte, dass sie die Costa Brava war. Niemand lief mit bloßem, sonnenverbranntem Oberkörper und Bauch in den Straßen herum. Kein Hochhaus war zu sehen. Es gab nur einen Supermarkt und ein Postamt mit einem einzigen Ständer für Ansichtskarten. Der Strand war auch im August fast leer, und in dem verwunschenen, hundert Jahre alten Ferienhaus mit Türmchen und Meerblick, das er von einem Schweizer Kollegen gemietet hatte, hätten noch zwei Familien mehr Platz gehabt. Aber sie hatten nicht so viele Freunde.

Eine Woche noch. Es war Ende August. Am Ort lag es nicht, dass Karl keinen Tag länger bleiben wollte.

Er holte seine Turnschuhe, um allein an den Strand zu gehen. Das Törchen zur Straße quietschte, als er das Ferienhaus hinter sich ließ.

Nach einer Geschäftsreise Ende Mai hatte der Brief für Dr. Karl Grams auf seinem Büroschreibtisch gelegen. *Qingdao* stand auf dem Stempel. Er riss den Umschlag auf. Über der Schrift, klein, präzise und irgendwie zärtlich nach links geneigt, tanzten helle Lichtsprenkel, die die Mittagssonne durch das Glasdach über ihm warf.

Wenn ich dich liebe, was geht es dich an?

Mit dem Satz war ihre Stimme über einen langen Zeitkorridor zurückgekommen. Frühnebel heißt bei uns Smog, Karl, nicht Frühnebel. Ning hatte neben ihm gestanden, in einem dunklen Kleid, das in ihrem Land eigentlich nur Kellnerinnen trugen. Zwischen ihren Fingern hatte sie einen Jasminzweig wandern lassen, den sie irgendwo unterwegs abgerissen haben musste. In jener Nacht hatte er den Anruf einer Prostituierten gegen halb zwei auf seinem Hotelzimmer in Qingdao genutzt, um seine Dolmetscherin im Zimmer gegenüber anzurufen. Waren Sie das eben, Ning? Die Küchenlüftung hatte noch immer die Gerüche eines chinesischen Abendessens durch sein geöffnetes Fenster geblasen. Ihr Zimmer hingegen hatte den Blick auf einen buddhistischen Garten, dessen künstliche Wasserläufe sie beide gegen Morgen für ein oder zwei Stunden eingeschläfert hatten. Wie die Löffel hatten sie im Bett aneinander gelegen. Sie, der kleine, an ihn, den großen gedrückt. Das Ende hatte ihrer Beziehung von Anfang an innegewohnt und ihr einen flüchtigen Ernst gegeben – flüchtig wie Karl und ernst wie Ning.

Er faltete den Brief zusammen.

Geschrieben worden war er vor langer Zeit, abgestempelt jedoch letzte Woche, auf einem Postamt für Liebe. Das heißt wirklich so, Karl, hatte Ning gesagt, als sie ihn von der lauten Straße in die dämmrige Schalterhalle gezogen und jenen Brief auf zehn Jahre dort hatte lagern lassen.

Sind wir denn Liebende?

Nein.

Was sind wir denn?

Verboten.

Sie hatte gelächelt. Karl hatte in dem kühlen Raum mit den zwei altmodischen Schaltern die Hände in die Taschen geschoben. Er hatte nachgerechnet. Der Brief aus dem fernen Osten würde bei ihm ankommen, wenn seine jetzt achtjährige Tochter gerade achtzehn wäre. Alles, was bis dahin geschehen sein würde, war ihm so vorgekommen, als hätte er es bereits hinter sich.

Herr Dr. Grams?

Die Bürotür in seinem Rücken öffnete sich leise. Seine Sekretärin steckte den Kopf herein. Rasch schob er Nings Brief unter sein Jackett, Marke Sorano, knitterfrei, geruchsabweisend und mit extragroßer Innentasche über dem Herzen.

So ernst? Ist New York nicht gut gelaufen?

Doch, doch, alles prima. Ich habe sogar unseren texanischen Freund in den Ruin getrieben.

Ich mach dann mal Mittag, Herr Dr. Grams.

Fein! Er hatte ihr sportlich zugenickt. Sie war neu und eine grazile, etwas unordentliche blonde Schönheit, um die seine Kollegen ihn beneideten.

Der Wind vom Meer trieb eine leere Chipstüte auf Karl zu. Ein Motorroller mit einem Kind auf dem Rücksitz lärmte vorbei. Sein Helm war zu groß. In China hatte er solche Roller ganze Familien transportieren sehen. Ein Kind, noch eins, Mutter, der Vater am Lenker und im Schlepptau ein Karren, in dem Gemüse zitterte oder ein Hund. Karl überquerte die Straße, betrat aber nicht den Sand, sondern blieb auf der Promenade stehen. Die Wellen schäumten und schlugen hoch und wilder als gestern gegen den Strand. Sie schwemmten Müll und Bambusstangen an. In der Bar, wenige Schritte von den öffentlichen Duschen entfernt, spielte Musik. Nichts Spanisches, sondern etwas Trauriges, zu dem man nicht mit den Fersen aufstampfen konnte. Noch saß kein Bademeister auf seinem Turm. Die blauen Liegen, die zum Servicebereich der Bar gehörten, waren noch nicht alle aufgestellt. Ein Junge säuberte im Windschatten einer Bambusstellwand einen Tischtennistisch, der gestern noch nicht dort gestanden hatte. In der Firma spielte Dr. Karl Grams oft Tischtennis, vor allem zwischen den Meetings. Grams, promovierter Ingenieur, Erfinder verschiedener resorbierbarer Implantate und von seiner Frau gern Dr. Schraube genannt, liebte das trockene, harte, fröhliche Stottern eines Tischtennisballs, wenn er ins Netz ging. Er vermisste es. Aber weder Frau noch Töchter spielten gern mit ihm. Genauer, sie verloren nicht gern gegen ihn.

Der Junge, der den Tischtennistisch putzte, sprach jetzt mit jemandem im Innern der Bar so laut, als sei der andere taub oder blöd. Karl wandte sich ab. Da kam sie über die Promenade auf ihn zu.

Das Gesicht schnitt sich breit aus der Helligkeit des Morgens, ein Gesicht wie eine Landschaft, in der man vor sich selber Ruhe fand. Es glänzte, und er dachte, sie lächelt mich an. Er hatte die Frau schon vorher gesehen. Sie war ihm aufgefallen, als er die Straße zum Strand überquert hatte. Sie trug einen dunklen Rock, eine weiße Bluse, ein weißes Badetuch um den Nacken und hatte die Haare zum Pferdeschwanz hochgebunden. Eine Asiatin. Ob Chinesin, Vietnamesin, Koreanerin, konnte er nicht sagen. Dafür war er nicht lange genug im Fernen Osten gewesen.

Sie war klein, als sie dicht an ihm vorbeiging. Er schaute ihr nach. Von hinten sah sie groß aus. Karl, der ziellos in die andere Richtung hatte schlendern wollen, folgte ihr.

Sie sind ein schneller, heller Kopf, Grams, Sie wissen immer genau, was Sache ist, behauptete sein Chef gern und ließ die nächste Urkunde in Karls Galerie von Patenten anbringen. Du bist nicht schnell, Karl, du bist nur eilig und dabei nervös, hatte Ning gesagt. Du hast einen Willen, aber keinen Atem, du atmest nur vorn in den Brustkorb und blähst deine Rippen jedem Konflikt, jedem Gegner entgegen. So machst du dich angreifbar, bist ohne Rückhalt ausgeliefert. Wie alle aus dem Westen. Du musst in den Rücken atmen, Karl, dann wachsen dir Schwanenflügel aus den Schulterblättern und beschützen dich. Sie hatte es ihm vorgemacht und sich tatsächlich in einen Schwan verwandelt, dessen Namen er noch im Tod würde singen wollen. Ning, Ning, Ning. Übersetzt bedeutete das: friedlich, ruhig. Sie war verheiratet und hatte eine kleine Tochter. Täusch dich nicht in mir, hatte sie eines Nachts gesagt und sich abrupt von ihm weggedreht, ich sehe nur so zärtlich aus. Auf allen Fotos hatte sie gelächelt. Bei der Liebe nicht. Wenn er mit ihr schlief, hatte er das Gefühl, mit zwei Frauen gleichzeitig zu schlafen. Die eine war ganz bei der Sache, die andere stand daneben. In Nings weißen Armen hatte er vergessen, dass er Dr. Karl Grams und verheiratet war mit Nanette, drei Jahre älter als er. Nur einmal hatte er nach seiner Ankunft in Schanghai per Skype mit Nanette telefoniert. Die Klimaanlage blies eine ungewohnte Kälte in sein Zimmer im

28. Stock. Nanette schien ihn nicht zu vermissen, da drüben im Einfamilienhaus, das willkürlich ausgestreut mit anderen, ähnlichen Backsteinhäusern am Stadtrand herumlag. Neu war das nicht. Wenn er von einer längeren Geschäftsreise zurückkam, war sie besonders müde und schlief gegen neun vor dem Kamin oder auf der Saunaliege ein, während er mit Jetlag in den Knochen ihre lackierten Finger- und Fußnägel betrachtete. Er hatte damals während des zehnminütigen Skype-Gesprächs aus dem Fenster des Hotels geschaut. Fünf Uhr früh. Weit unter ihm, auf der Höhe des zwölften oder dreizehnten Stocks, war ein Schwarm Vögel vorübergeflogen. Obwohl dies einer der ersten und vielleicht auch eindrücklichsten Momente von Fremdsein, Übermüdung und sogar Heimweh gewesen war, hatte er ihn Nanette nicht mitgeteilt.

Und mit Ning, was hatte er mit ihr geteilt?

Am Ende der ersten Woche in Schanghai, in der ihn jeden Morgen sehr früh ein Chauffeur mit Limousine vom Hotel abholte und bis zur medizinischen Fakultät fuhr, hatte Karl sich daran gewöhnt, auf dem Rücksitz und in vollklimatisierter Entspanntheit den Tag auf sich zukommen zu lassen. Es gab über dreizehn Millionen Menschen in der Stadt. Er beobachtete nur die Frauen. Sie sahen aus wie Eisbecher aus den Fünfzigerjahren, wenn sie bereits am frühen Morgen ihre kleinen, pastellfarbenen Schirme gegen die Sonne öffneten, obwohl in den Straßen noch nicht die richtige Hitze stand, eine, die man dann sogar sehen konnte, versicherte der Fahrer Karl in gebrochenem Englisch. Mit seiner Glatze sah er aus wie ein Kung-Fu-Kämpfer, aber wie ein feinfühliger, der beim Fahren immer wieder seine zwei Glücksbringer am Innenspiegel berühren musste, einer davon ein Mao-Bild, der andere ein goldener Elefant. Ob er auch gern Tischtennis spiele? So gern wie Karl?

Ning stieg jeden Morgen an einer Bushaltestelle hinzu und gab Grams die Hand, nachdem sie sich neben den Fahrer gesetzt hatte. Ihr Gesicht verriet nichts. Weder Sorge um die Zukunft noch Misstrauen gegenüber dem Jetzt. Eine immergleiche Kühle ging von dieser Frau aus trotz ihres bodenlangen Kleids aus festem, geblümtem Stoff.

Ist das nicht zu warm für dieses Schanghaiwetter?

Ich schwitze nie, antwortete sie, außerdem ist das Kleid alte chinesische Tradition. Ich trage es immer den Gästen zu Ehren.

Es hatte etwas Altmodisches und Feierliches, wie sie das sagte. Deutsch hatte Ning in drei Jahren gelernt. Die Wörter waren offenbar ohne Widerstand zu ihr gekommen.

Das Meer lag links von ihm, und die Sonne schien ihm ins Gesicht. Bis zu diesem Ende des Strands war Karl noch nie gegangen, obwohl ihn die Langeweile seines Familiensommers längst hätte hierhertreiben können. Er blieb stehen. Keine bunten Sonnenschirmpilze wuchsen mehr aus dem Sand. Keine schwarzen Männer in fusseligen Pullovern aus der Kleidersammlung zogen ihre Trampelpfade zwischen Frauen, denen niemand mehr den Rücken eincremte und die deswegen rasch bereit waren, Handtaschen, Ketten, Holztiere zu kaufen und nach anfänglichem Zögern vielleicht auch einen schwarzen Mann. Die Promenade war hier zu Ende und ging über in einen breiten Sandweg, festgefahren von einem Fahrzeug. Das Reifenmuster im Sand erinnerte ihn, den patenten

Erfinder menschlicher Ersatzteile, an seine ersten Versuche, die Gewinde von orthopädischen Schrauben aus solchen Strukturen zu entwickeln.

Die Frau mit dem glänzenden Gesicht aus China, Vietnam oder Korea betrat jetzt die letzte Bar am Strand, die auch die allerletzte an der Costa Brava sein musste. Hier spielte keine Musik. An den vier Pfosten, die das Schilfdach über den Sperrmülltischen trugen, hingen Neonröhren, sirrten und klimperten und ließen das Tageslicht zerbröseln. Die Frau setzte sich mit dem Rücken zum Meer und dem Gesicht zu ihm. Sah sie ihn an? Meinte sie ihn? Oder besah sie gedankenlos das bisschen Weite in seinem Rücken?

Qingdao, ein Hongkong der Deutschen, viel Spaß, hatte Grams' Chef am Telefon gesagt, denn er liebte gedankliche Abkürzungen. Nachdem Karl fast vier Wochen in Schanghai gewesen war, wollte er halb privat und halb geschäftlich einen Ausflug in die Hafenstadt am gelben Meer machen.

Mein Geburtsort, sagte Ning.

Als er ihr vorschlug, mit dem Zug zu fahren, damit er die Gegend nicht nur vom Flugzeug aus und im Relief aus großer Höhe würde erraten müssen, hatte sie kaum merklich den Mund verzogen.

Warum das, Karl?

Ein Gehirn ist eine Landschaft, deren Struktur sich verändert, wenn du darin Gedanken und Gefühle transportierst, Ning. Ich würde gern erfahren, ob all die gigantischen Wasserläufe, Erhebungen und Weiten von Jiangxi bis Shandong auch mein Gehirn verändern, wenn ich darin herumfahre.

Sie hatte mit ihrem ersten und dem zweiten Gesicht gelächelt. Beide Schichten schien sie selbst im Schlaf wie eine einzige organische Maske im Griff zu haben.

Nein, Karl, alles zu lang! Zu weit, zu viel verschenkte Zeit.

Vom Flughafen ins Zentrum von Qingdao hatte die Schnellstraße durch Baracken und Containeransammlungen geführt, mit Menschen dazwischen, an deren Körperhaltung Karl nicht hatte feststellen können, ob sie sich in diesem staubgrauen Nirgendwo über eine Arbeit oder über sich selber bückten. Hier trugen die Frauen in der Hitze keine Schirme, um sich gegen die Sonne zu schützen. An einem bestimmten Punkt von Armut angekommen, war einem die Haut egal, in der man wohnen muss.

Ning führte ihn nach dem Mittagsschlaf vom Hotel Prinz Heinrich in das Restaurant mit dem besten Quallensalat Chinas. Mit Aussicht auf eine erleuchtete Baustelle rechts und eine dunkle Betonbauruine links saßen er und sie zusammen mit zwei chinesischen Professoren von der dortigen medizinischen Fakultät beim Dinner. Grams entschuldigte sich wiederholt dafür, mit Stäbchen so ungeschickt zu sein, bis einer der Professoren sich für einen Chinesen sehr abrupt vorbeugte und auf Englisch flüsterte: Mao sagt, Fremdsprachen sind eine Waffe im Kampf des Lebens. Nicht Essstäbchen. Danach war er aufgestanden und hatte einen Löffel für den Gast bestellt.

Vor dem Restaurant, wo die Professoren sich verabschiedeten und beidhändig ihre Visitenkarten hinterließen, parkte eine mobile Polizeidienststelle. Ein Polizist schlief hinter dem Steuer, die Füße in Socken auf dem Lenkrad.

Willst du in China bleiben, Ning?

Die Anzahl von Graus' Patenten lag mittlerweile bei etwa

zweihundert. Als Konstrukteur eines Bypasses war er im Jahr zuvor von der Wirtschaftskammer zum Erfinder des Jahres gewählt worden. Dieser Bypass war ein mit Folie umwickelter schmaler Strohhalm, eingesetzt bei Operationen, wenn ein Gefäß riss oder perforiert war. Dann wurde der Strohhalm an genau die Stelle geschoben, expandierte, und das Gefäß war abgedichtet. In vielen Fällen war dieser Strohhalm im wahrsten Sinn des Wortes der letzte, an den sich operierende Ärzte weltweit klammerten. Auch in China.

Willst du eigentlich immer in diesem Land bleiben, Ning?

Sie lehnte im Gehen die bloße Schulter gegen seinen Oberarm. Im Profil waren ihre Wimpern lang und hart wie Fliegenbeine.

Willst du?

Keine Antwort war auch eine Antwort.

An dem Abend, als sie aus Qingdao zurückgekommen waren, hatte sie ihn das erste und einzige Mal mit in ihre Wohnung genommen. Hinter der Eingangstür war der Fußboden aus Beton und im Grau noch die Maserung der Schalungsbretter sichtbar gewesen. Er hatte sich unauffällig umgeschaut. Zwei Zimmer, ausgestattet mit einem Bett, in das nur knapp zwei Menschen passten, einem rot lackierten Schreibtisch und einer Klimaanlage, die im Winter nur bis 16 Grad heizte, hatte Ning gesagt.

Letzten Winter sind meine Schuhe im Schrank verschimmelt, Karl, wann beginnt bei euch eigentlich der Sommer?

Immer zu spät.

Zum ersten Mal kam ihm in den Sinn, dass sie vielleicht arm war.

Wo ist deine Tochter?

Bei meinen Eltern.

Und dein Mann?

Bei seinen.

Warum?

Er hat sich vergangenen Monat von mir getrennt. Willst du den Grund wissen?

Nein, hatte Karl gedacht, aber Ja gesagt.

Du liebst mich zu sehr, hat mein Mann gesagt. Liebst du deine Frau, Karl?

Er hatte zur Antwort mit der Hand gewedelt, als hätte sie Zigarettenrauch in sein Gesicht geblasen.

Der Blick aus dem Fenster ging nach hinten hinaus. Garten nannte Ning das schmale Beet aus Wildwuchs, den er in seinem Garten daheim sofort ausgerissen hätte. Das Unkraut hatte sie mit zwei morschen Holzstühlen und zwei roten Lampions dekoriert. Sie sagte: Als mein Mann und ich heiraten wollten, hatte er seine Papiere vergessen. Er fuhr noch einmal nach Hause. Da war es schon Mittag, und er war müde. Deswegen legte er sich kurz hin. Nachdem ich vier Stunden beim Amt auf ihn gewartet hatte, überlegte ich, ob ich ihn noch heiraten wollte. Dann habe ich mir sein Verhalten so übersetzt: Er hatte das nicht gelernt, dass die Menschen Gefühle haben.

Ning zog Karl zum Bett, warf sich auf den Rücken und zeigte ihm, wie schnell sie ein Bett zerwühlen konnte, das sie am Morgen so sorgfältig mit hotelgeraden Kanten im Leintuch gemacht hatte. Als er später versuchte, hinter der Küchentür in einer Nische ohne Vorhang zu duschen, war kein warmes Wasser gekommen. Eine Katze hatte ihn die ganze

Zeit über angestarrt, während er sich hastig kalt wusch und noch hastiger umsah. Auf dem Rand eines Steinbeckens, grau wie ein alter Putzlumpen, hatten zwei struppige Zahnbürsten gegen eine Überzahl ungespülter Tassen angekämpft. Er war ins Zimmer zurückgegangen, nackt und das Handtuch in der Hand. Ning hatte angezogen an ihrem rot lackierten Schreibtisch gesessen und bereits die Reisekostenabrechnung für den Ausflug nach Qingdao gemacht.

An ihrem letzten Abend saßen sie auf der Dachterrasse eines Hotels, mit Blick über die Dächer des alten Schanghai, und schauten auf die Silhouette des neuen Pudongs am Ufer gegenüber. Könnte die Kulisse eines King-Kong-Films sein, sagte Karl und zeigte auf das Meer von bunten Lichtern, die wie Jahrmarktdekorationen blinkten und zuckten. Pudong eben, sagte Ning und spielte mit dem Strohhalm in ihrem hohen Glas.

Links vom Fernsehturm brach die Silhouette ab, und nur noch Baukräne stocherten gefräßig im Himmel herum. Karl bestellte neuen Campari und erklärte Ning, dass jede Verhaltensweise einen bestimmten Aufwand an Zeit und Energie erfordere und dass dieser Aufwand sich nur lohne, wenn der zu erwartende Nutzen größer sei als die Investition. Sie schob sich den Strohhalm zwischen die Lippen, ein Bild, das als Großaufnahme in seinem Herzen ankam und dort so bleiben würde, gerahmt vom Abschied. Er sagte: Es gibt zudem einen Unterschied zwischen der Effizienz, die sich den Strukturen anpasst, und der Effizienz, die alles den eigenen Strukturen unterwirft. Sie schaute ihn ohne einen Wimpernschlag an. Du meinst dich und mich, schien sie zu fragen. Beide schwiegen und fassten keinen Entschluss. Später, als sie nach unten fuhren, klebte ein Aushang auf Englisch an der Aufzugtür: *Frühstücksgutschein umzutauschen gegen ein Glas Bier in der Bar. Gilt nur für Hotelbesucher.* Sie verabschiedete ihn auf der Schwelle nach draußen. Es regnete.

Du findest deinen Weg ohne mich, Karl.

Er nickte und ging danach allein über eine lange, glänzende, menschenleere Straße, begleitet von einem Schirm, den er nicht öffnete. Auf dem Griff stand die Anschrift seines Hotels. Es war Samstag. Es war Nacht, es war Schanghai. Es war wichtig, dass es regnete. Der Regen symbolisierte nichts. Er drückte etwas aus. Fünf Uhr früh stand er wieder hellwach am Fenster im 28. Stock des Hotels, in dem er seit seiner Ankunft gewohnt hatte. Unterhalb des Fensters flogen wieder die Vögel. Fünf Uhr, die Zeit, da die alten Männer wach wurden und vor dem Tod aus dem Bett flohen. Fünf Uhr, die Stunde, zu der man Verbrecher zur Hinrichtung holte. Er lehnte die Stirn gegen die Fensterscheibe und versuchte wie immer, systematisch über Zusammenhänge nachzudenken, auch wenn er sich im Moment nicht gut auskannte. Von Bedeutung waren plötzlich nur noch die Vögel, ein billiger Hotelschirm, das Geräusch der Klimaanlage in seinem Zimmer, von dem er Kopfschmerzen bekam. Alles Dinge, denen er sonst kaum Beachtung schenkte, weil er sie längst zu Ende bewertet hatte. Plötzlich hatten sie eine Stimme. Sie sagten: Was tust du, was tust du da? Was bleibt?

Es wurde hell. Über der Stadt lag Smog.

Morgens beim letzten Hotelfrühstück merkte er, er wartete. Vergeblich, wusste er. Er blieb beim Panoramafenster sitzen, bis der Oberkellner auch bei ihm mit scharfem Ruck die Tischdecke unter dem benutzten Geschirr wegzog, ohne es zuvor abgeräumt zu haben. Am Ende seiner Show schlug er einer kleinen Hilfskellnerin zärtlich die Faust zwischen die Schulterblätter. Sie trug ein dunkles Kleid. Zeit zu gehen. Karl stand auf und fuhr hinunter zur Rezeption, um seine Rechnung für die Minibar zu begleichen. Jetzt wartete er nur noch auf den Fahrer mit dem kahlen Schädel.

Im Flieger zurück nach Europa amüsierte sich eine der Stewardessen mit ihrer Kollegin über Skippy, die Kinderserie mit dem Buschkänguru. Die Stewardess summte für ihre Kollegin die Erkennungsmelodie, um sie noch einmal hoch über der Mongolei zum Lachen zu bringen. Danach hatte Karl zwar einschlafen, aber nicht vergessen können. Nichts, auch nicht die fünf Präservative im Hotel Prinz Heinrich in Qingdao, die im Bad ganz selbstverständlich zusammen mit Seifenstück, Einmalrasierer und Duschhaube gelegen hatten. Alles elegant verpackt. Die Seiten in den Fotoalben seiner Eltern waren mit dem gleichen Pergamentpapier getrennt gewesen. Ein Text in der Hotelinfo hatte die deutsche Inneneinrichtung als Zeichen kolonialer Treue angepriesen, weit über 1914, weit über die Invasion der Japaner hinaus. Morgens hatte er Ning gefragt: Was hast du geträumt?

Warum?

Du hast geredet im Schlaf.

Hast du alles gehört?

Ja, aber nichts verstanden. Es war Chinesisch.

Komisch.

Wieso komisch?

Ich träume eigentlich nie – oder höchstens vielleicht, dass ich wach werde, hatte Ning gesagt.

Als er später auf seinem ausgeklappten Schlafsitz wieder aufwachte, fiel sein Blick auf einen Nachbarn gegenüber. Der Mann hatte geschnarcht, sodass Karl die Zunge gesehen hatte. Kann ich bitte eine Zahnbürste haben?, fragte er die Stewardess, die auch ihn mit der Melodie von Skippy zum Lachen gebracht hatte. Jetzt, nachdem sie sich für die Arbeit in der Bordküche einen Kittel übergezogen hatte, sah sie jemandem ähnlich. Doch erinnerte er sich nicht genau.

Jemand hatte die surrenden Neonleuchten an den vier Pfosten der Strandbar ausgeschaltet. Deutlicher nahm Karl jetzt die Wellen wahr, wie sie anrollten. Das Meer! War es eigentlich gewaltiger, wenn man es hörte oder wenn man es sah? Er schloss die Augen. In der Nacht hatte er das Wasser besonders deutlich durch das geöffnete Schlafzimmerfenster wahrgenommen. Ein dumpfes, regelmäßiges Ausrollen aus der Dunkelheit in die Dunkelheit, das nicht lauter, aber größer in seinen Abständen gewesen war als das schüchterne Schnarchen seiner Frau Nanette.

Als er die Augen wieder öffnete, schaute die Frau, von der er nicht wusste, ob sie Chinesin, Vietnamesin, Koreanerin war, ihn noch immer unverwandt an. Vielleicht sah sie schlecht? Wie alt sie sein mochte? War sie ein Mädchen oder ein älteres Mädchen? Wie hatte Ning damals die Männer und Frauen genannt, die über dreißig und noch unverheiratet waren? Restfrauen und Diamantmänner, hatte sie gesagt, und er hatte sich Menschen mit Preisschildern auf dem Rücken vorgestellt.

Die Frau stand auf. Wieder ging sie dicht an ihm vorbei.. Wieder schaute er ihr nach, diesmal mit einer Hand auf dem Deckel einer Speiseeistruhe. Die Frau ging ein paar Schritte mit ihrem Badehandtuch um den Hals, schlug plötzlich einen Haken und lief zum Wasser hinunter. Sie zog sich aus. Ihre Sorgfalt sah wie Nachdenken aus. Als sie zum Saum der Wellen vorging, trug sie einen schwarzen Schwimmanzug wie eine Sportlerin. Wieder schaute sie in seine Richtung. Sie sieht mich ohnehin nicht, dachte er und hob die Hand. Sie öffnete das Haar und ging ins Wasser. Bevor sie zu schwimmen anfing, winkte sie ihm zu.

Auf der Straße vor dem Ferienhaus stolperte ihm seine jüngere Tochter ohne Brille und im Bikini entgegen. Nicht einmal ein Badetuch hatte sie sich um ihre Babyspeckhüfte gebunden. Weg da, sagte sie leise. Einmal, als er morgens sehr früh am Flughafen sein musste, hatte sie bei der Haustür auf ihn gewartet, mit einem Teddy im Fußballtrikot vor dem Bauch.

Willst du mir winken?, hatte er gefragt. Sie hatte zu ihm hochgeschielt: Ich winke nur, wenn du nicht gehst! Damals hatte sie nicht geweint, aber jetzt.

Als er das Haus betrat, hörte er seine ältere Tochter. Mama, du bist peinlich, schrie sie. Eine Tür schlug.

Seine Frau stand allein an der Anrichte, als er in die Küche kam, und schnitt rohes Gemüse. Ein weißes Trockentuch lümmelte sich auf den Fliesen bei der Spüle, wo die Farbe im Stein blasser war als auf dem Restboden. Er hob es nicht auf.

Ich habe es den beiden eben gesagt, sagte seine Frau, ich verlasse dich.

Karl betrachtete den Boden und befand, dass Stein ein guter Belag sei.

Einfach so, sagte er langsam.

Sie schnitt weiter Gemüse, schaute Tomaten und Gurken an, aber nicht ihn.

… Ich dich auch, hatte er zu ihr gesagt, vor zwanzig Jahren, als sie ihm gestanden hatte: Ich liebe dich. So einfach ging das. Man musste nur ein Wort gegen ein anderes austauschen. Schon wurde aus einer Situation ihr Gegenteil. Er schob die Hände in die Hosentaschen. Ein Kaugummipapier, ein Ministift gegen Mückenstiche, ein Feuerzeug für alle Fälle, ein Schlüssel, aber welcher? Sie kann doch gar nicht ohne mich leben, dachte er. Seine Frau war offensichtlich verrückt geworden. Es würde sich gleich aufklären. Er hatte nichts zu befürchten. Das kluge Tier wartet, sagte er sich und bekam Angst.

Ich habe jemanden kennengelernt.

Nanette drehte sich noch immer nicht zu ihm. Der Anblick ihres Nackens erinnerte ihn an ihre Hochzeit. Sie hatte glücklich ausgesehen, als sie aus der Kirche kamen, und die Hochzeitsgesellschaft ernst. So war es auf den Fotos dokumentiert. Wegen der regennassen Straße hatte Nanette ihr Brautkleid seitlich gerafft und war mit ihm auf ein wartendes Auto von Freunden zugelaufen. Der Regen hatte an jenem Tag seine eigene Farbe gehabt, die man nur in der Bewegung hatte sehen können.

Ist er jünger?

Jetzt schaute sie auf und zu ihm herüber. Als ihre Blicke sich trafen, sah er, alles war zum Teufel. Sogar seine Vorräte an Überdruss und Verachtung. Eigentlich musste er sofort gehen, aber er schob sich mit halber Hüfte in ihre Nähe, auf den Rand der Spüle. Am Boden lag noch immer das Trockentuch. Er setzte den linken Fuß vorsichtig daneben. Mit dem rechten wippte er in der Luft. Es war der gleiche Tag wie eben noch und doch ein ganz anderer. Wahrscheinlich würden sie morgen schon packen und zurückfahren. Er würde nicht gleich ausziehen, aber die eine oder andere Frau von früher anrufen. Er lächelte Nanette an. Sie drehte sich wieder weg. Wo würde er im nächsten Frühling sein, wenn das milde Wetter nicht länger auf sich warten ließ, die Wiese um sein Haus sich im satten Grün zeigte, übersät vom Gelb des Löwenzahns?

Ich geh noch mal an den Strand, sagte er, blieb aber sitzen.

Am Tag darauf reisten sie ab. Während er den Wagen mit dem Gepäck der drei Frauen belud, hörte er von fern das gleichmäßige, helle, trockene Pochen von Zelluloid auf Aluminium, das er so liebte. Tsing, tsing, tsing. Der Wind kam vom Meer. Karl ließ die Heckklappe des Wagens offen stehen und ging zum Strand. Der Junge, der gestern den Tischtennistisch aufgebaut hatte, schlug mit kleinen, harten Schlägen einen Ball auf die grüne Platte. Als er Karl sah, winkte er mit einem zweiten Schläger. Er trug ein T-Shirt von Real Madrid. Karl schaute zum Meer. Das veränderte sich nicht, das konnte man auch nicht erwarten. Er ging auf den Jungen zu.

Tsing, tsing, tsing.

JENNY

Sie soll gefahren sein, nicht er. Sie soll zu schnell durch Steglitz gerast sein und wohl keine Fahrpraxis gehabt haben, sagte die Krankenschwester. Sie soll versucht haben, noch einmal aufzustehen, ohne ein Zeichen von Schmerz zu zeigen. Aber sie hatte auch keine Schmerzen, nicht bei der Todesursache.

Die Krankenschwester lächelte und schlug die Beine übereinander, sodass er den Rand ihrer festen, fleischfarbenen Kniestrümpfe sehen konnte.

Sie starb, bevor der Krankenwagen kam. Milzruptur und innere Blutungen. Sie sind ja kein naher Verwandter, oder?

Nein, ein Nachbar.

Ein Zettel mit Ihrem Namen lag ganz vorn in seinem Taschenkalender. Außerdem fangen Sie gleich zwei Mal mit A an, also waren Sie der Erste, den wir benachrichtigt haben, obwohl Sie ein bisschen weit weg wohnen.

Dresden, ja.

Wollen Sie einen Kaffee, Herr Abraham?

Er nickte und schaute auf ihre groben Hände, die an ihrem Körper herunterhingen, als sie zur Stationsküche ging. Jenny hätte zwischen diesen Pranken wie ein Hühnchen ausgesehen.

Lino, hatte die Hundeherrin gerufen, Lino! Es klang wie ein Befehl, aber war ein Name. Jenny hatte dem Hund ausweichen wollen, der plötzlich mitten auf der Straße vor ihnen gestanden und gekläfft hatte, als habe er persönlich ein Fahrverbot für die Zeit nach Mitternacht erteilt. 1.21 Uhr. Das blaue U-Bahnschild *Rathaus Steglitz* schaltete sich für die Nacht aus. Seit einigen Minuten regnete es. Sie kamen mit überhöhter Geschwindigkeit von Norden her und waren im Ausweichhaken weggerutscht. Erst schlidderten sie mit, dann rutschten sie um neunzig Grad gekippt und ohne Maschine über den feuchten Asphalt. Nach ein paar Metern blieben sie um einen Betonpoller gewickelt liegen. Sie in seinem Schoß. Ein Liebespaar in Löffelstellung. Sie sahen aus, als schliefen sie. Er, der große Löffel, eng an sie, den kleinen Löffel, geschmiegt. Aber sie schliefen nicht. Er lag ohne ein Zeichen von Leben. Sie starb. Vorher aber richtete sie sich noch einmal auf, um auf allen vieren über ihn hinweg-, ein Stück von ihm fort- und dann zu ihm zurückzukriechen. Sie trug eine cremefarbene Lederjacke und hatte den Helm auf dem Kopf. Kein Blut war zu sehen. Die Hundeherrin stand noch immer wenige Schritte von ihr entfernt, mit dem Tier an kurzer Leine.

Später fuhren Jennys Leichenwagen und Josephs Krankenwagen in verschiedene Richtungen vom Unfallort fort.

Ihr Bekannter hat acht Rippen gebrochen, links, sagte die Krankenschwester, als sie zurückkam und einen Becher vor ihn hinstellte. Er hat einen Schlauch in den Brustkorb gelegt bekommen, weil er mit nur sechzig Prozent Atemkapazität bei uns hier auf der Intensiv ankam. Eine Rippe hat den linken Lungenflügel verletzt.

Was hat man dann, so mit Schlauch in der Lunge und all dem, Schwester?

Sie beugte sich vor. Angst, sagte sie. Ihr Atem roch nach Kaffee. Ob sie heimlich aus dem Becher getrunken hatte, den sie für ihn mitgebracht hatte?

Er ist ein schöner Mann. Was ist er von Beruf?

Klavierlehrer.

Ende April war der Klavierlehrer eingezogen. Zwei Möbelpacker trugen den Hausstand von Jennys neuem Nachbarn fünf Stockwerke hinauf in die Wohnung gegenüber. Der eine war Mitte fünfzig und kurzatmig. Er tat ihr leid. Der andere, der bis über beide Hände tätowiert war, musste auf Speed sein und schleppte für den Älteren mit. Am Nachmittag lud Jenny die Möbelpacker an ihren Küchentisch ein. Sie tranken ein Glas Leitungswasser nach dem anderen, aber rührten die Kekse nicht an. Der Tätowierte schlug sich immer wieder auf die gewölbten Oberarme und musterte sie. Als er lächelte, sah sie, dass er schüchtern war. Am frühen Abend saßen sie wieder an ihrem Küchentisch, zu dritt bei einem Bier. Jennys Tür zum Hausflur hatten die Männer angelehnt gelassen.

Müssen Sie nicht arbeiten, junge Frau?

Ich habe montags frei, ich bin Friseuse, sagte Jenny.

Der Tätowierte rieb den Daumen seiner Linken an den Kuppen der anderen vier Finger entlang, als prüfe er einen Stoff oder einen Gedanken.

Aber Sie sind so eine ganz Stille, sagte er, das spüre ich. Ja, Sie sind eine stille Friseuse.

Genau das dürfte in Zukunft ein Problem für Sie werden, sagte der Kurzatmige. Der neue Nachbar gibt sicher von morgens bis abends Klavierunterricht. Ich weiß, wovon ich rede. Der Mann meiner Schwester ist Steuerberater und nimmt seine Klavierstunden zu Hause, immer nach neunzehn Uhr. Wenn ich den dann spielen höre, würde ich ihn am liebsten totschlagen und seinen Lehrer dazu.

Alle drei öffneten sie ein zweites Bier. Dann schauten sie zur Tür.

Stör ich?

Er war hereingekommen, ohne dass sie ihn bemerkt hätten. Etwas Indianerhaftes war an ihm, obwohl er blond war. Er war groß, das Kinn eckig, das Haar am Hinterkopf zu einem Pferdeschwanz gebunden. In der Hand hielt er ein Bündel Geldscheine für die Möbelpacker und lächelte, als hätte ihn jemand im falschen Moment auf Socken erwischt.

Das Haus, in das Jenny drei Jahre zuvor gezogen war, lag in einem Karree von Häusern aus der Zeit vor dem Ersten Weltkrieg und hatte den Bombenhagel des Zweiten überlebt. Die Elbe war so nah, dass man vom geöffneten Fenster aus den Schiffen etwas hätte zurufen können. Wenigstens war es ihr in den ersten Tagen so vorgekommen. Gleich nach ihrem Einzug hatte auf dem Balkon schräg gegenüber oft ein Mann in einem bunten Flickenpullover gestanden und über den Hof hinweg über Sozialismus und Kapitalismus, über Gott und die Welt und manchmal auch über den Sündenfall einer Frau gepredigt, die ihn wohl verlassen hatte. *Mein Weib* nannte er sie. Ihn nannten die anderen im Haus den *Systemgeschädigten*. Eine Woche lang warf der Systemgeschädigte Jenny von Balkon zu Balkon Kusshändchen zu, sobald er sie sah. Danach zog er sich eilig wieder zurück in seine Zweiraumwohnung. An einem

Sonntagmorgen, als sie zufällig das gleiche Konzert im Radio hörten, grüßte sie zurück. Der Systemgeschädigte beugte sich über sein Balkongeländer und flüsterte: Wanda?

Sie schüttelte den Kopf. Nein, nicht Wanda. Jenny.

Sie hatte eine Verbeugung gemacht. Von da an hatte der Systemgeschädigte aufgehört, über den Hof hinweg zu predigen. Oft sah sie ihn jetzt im Fensterrahmen seiner Küche sitzen und gleich lange Fäden von einer Paketschnurrolle abschneiden. Alle fünf Sekunden einen. Jeder Faden gleich lang. Er hieß Albert Abraham.

Kurz nachdem der Klavierlehrer eingezogen war, wurde es richtig Frühling. Am ersten Sonnabend im Mai hing beim Bäcker um die Ecke ein handgeschriebener Aushang im Fenster. *Vier nestjunge Wellensittiche in gute Hände abzugeben.* Eine Tüte Brötchen gegen die Brust gedrückt, blieb Jenny vor dem Zettel stehen.

Sie schneiden auch daheim?, fragte eine Männerstimme an ihrem Ohr.

Der Klavierlehrer stand dicht hinter ihr. Er griff nach seinem Zopf.

Wer sagt, dass ich daheim arbeite?

Die anderen im Haus, sagte er.

Seit Anfang der Woche hörte sie seine Schüler bereits unten im Hausflur, wenn sie von der Arbeit kam. Schlichtes Zeug, meistens die gleichen Stückchen und meistens nur ängstlich, lustlos und hölzern zusammengesucht.

Der Salon ist gleich um die Ecke, sagte sie, montags ist geschlossen. Aber Sie können jederzeit Dienstag bis Samstag auch ohne Anmeldung kommen.

Ich geh einfach nicht gern zum Friseur, sagte er, ist verlorene Zeit, zu teuer und das Ergebnis fast immer enttäuschend. Darf ich mich für heute bei Ihnen privat anmelden?

Auf meinem Küchenstuhl muss es nicht besser und auch nicht unbedingt billiger sein, sagte sie und wurde rot. Eine Spannung kam zwischen ihnen auf, die etwas Verlorenes hatte. Jenny drehte das Gesicht zur Bäckereiauslage. Eine Frau in einem Kittel löste gerade den Aushang von der Scheibe, korrigierte den Text und klebte ihn zurück. Jetzt waren es noch drei nestjunge Wellensittiche.

Okay, Sie haben einen Termin, in einer halben Stunde, sagte sie.

Okay, aber bei mir, damit Sie danach nicht fegen müssen, sagte er.

Mit leisem Schmatzen öffnete sich in dem Moment die automatische Glastür der Bäckerei und Albert Abraham trat auf die Straße. Feierlich trug er einen kleinen Kuchenkarton mit Löchern im Deckel vor sich her. Drinnen schabte und piepste es. Als er an ihnen vorbeiging, schaute er Jenny und den Klavierlehrer streng an.

Ihr werdet euch ineinander verlieben, ich weiß das. Das war bei meiner Wanda und mir genauso.

Albert Abraham hätte ohne nachzudenken gesagt, dass er alle im Haus kannte und viele aus den benachbarten Plattenbauten. Die meisten waren Alteingesessene. Einige hatten bereits während des Krieges als Kinder hier gewohnt. Fast alle in der Straße hatten die DDR miteinander geteilt. Jenny und der Klavierlehrer waren die Neuen, abgesehen von denen, die nach 89 geboren worden waren. Trotzdem war es so, als hätte er

Jenny schon immer gekannt, wahrscheinlich, weil sie ihn auf den ersten Blick an sein Weib Wanda erinnert hatte. Wanda und die DDR: Projekte der Hoffnung! Wanda war erst Bäckerin, dann Kosmetikerin gewesen. Als der Westen über die Grenze kam, hatte sie anfangs im Konsum noch Sprüche gemacht, hatte an der Fleischtheke auf die neue Sorte Aufschnitt speziell für Kinder gezeigt und gesagt: Ich will nicht, dass die Wurst ein Gesicht hat. Ein halbes Jahr später war sie abgehauen, um bei Karstadt in Berlin, Abteilung Backwaren, Verkäuferin zu werden. Karstadt, wo die rote Fahne nur wehte, wenn Schlussverkauf war! Selber schuld, sagte Albert Abraham sich. Man heiratete nicht so eine wie die Wanda, wenn man Marxismus-Leninismus studiert hatte.

Nackte Füße tappten auf der anderen Seite über das Laminat der Diele, nachdem Jenny an seiner Tür geklingelt hatte. Imitat von tasmanischer Eiche, hatte der alte Mann immer stolz gesagt, der vor dem Klavierlehrer hier gewohnt hatte. Die Tür öffnete sich. Er hatte das Haar nass, aber zusammengebunden und einen Hocker unter dem Arm. Jenny ließ die Haarschneideschere in ihrer Rechten auf- und zuschnippen. Er schaltete die Dielenbeleuchtung ein. Um einen hellen Holztisch mit Vase und frischen Blumen standen sechs pastellfarbene Schalenstühle in der fensterlosen Diele. Wahrscheinlich hatte er viele Freunde und oft Besuch. Wahrscheinlich führte er ein freieres, ungestümeres Leben als sie. Und sie? Selbst ihre Mutter kam sie immer seltener besuchen, und wenn, dann nur, um sie daran zu erinnern, dass sie noch keine Kinder hatte. Im kommenden Februar würde Jenny vierunddreißig werden.

Das Übliche?, fragte sie ohne Gruß.

Was ist das Übliche?

Waschen, Schneiden, Reden. Ich bin übrigens eher eine stille Friseuse.

Gewaschen sind sie schon.

Er öffnete das Haar.

Zwei Zentimeter kürzen, bitte. Ich heiße übrigens Joseph.

Jenny, sagte Jenny.

Er schob das Gummi über sein Handgelenk, setzte sich auf den Hocker und hielt den Mund, bis sie fertig war.

Später kamen sie zusammen hinunter auf den Hof. Albert Abraham saß auf dem Balkon. Aus seinem geöffneten Küchenfenster kam das melancholische Nachmittagskonzert eines Senders, der einmal ein Sender der DDR gewesen war. Fahren Sie an die Elbe?, rief er, als er sah, dass sie die Fahrräder aufschlossen.

Solange er denken konnte, hatte Albert Abraham auf diesen wunderbaren Fluss geblickt, der nicht so breit war wie Weichsel und Oder, aber ebenso verwunschen in seinem trägen Unbefestigtsein. Einmal, lange vor Wanda, hatte er eine Freundin gehabt, die gesagt hatte: Ach lass doch den ollen, langweiligen Fluss, Albert, lass uns lieber zur nächsten Autobahnbrücke laufen und auf Westautos spucken. Das hatte ihm eingeleuchtet, war ihm auch sinnvoll und ideologisch absolut vertretbar vorgekommen. Auf der Brücke dann war das Gesicht jener Freundin nicht wie erwartet kalt und schmal vor Klassenhass geworden. Weich und sehnsüchtig hatte sie ihn angeschaut. Ich spucke auf Westautos, damit wenigstens etwas von mir mit nach drüben fahren kann, hatte sie leise gestanden. Tags darauf hatte er sich von ihr getrennt.

Albert Abraham hörte Jenny im Hof lachen. Würden die beiden da unten heute noch ein Verhältnis mit Intimcharakter werden, wie man in seiner Firma früher gesagt hatte? Er lehnte sich weit über sein Balkongeländer. Der Klavierlehrer prüfte die Luft in ihren Reifen. Sie hielt das Rad fest, und er fing an zu pumpen. Auf seine kleinen Stöße gab ihr ganzer Körper Echo. Ein ungewöhnliches Paar, fand Albert Abraham, da täuschte er sich nicht. Für Menschen hatte er sich schon immer interessiert, vor allem dafür, wie sie lebten und ihre Gefühle fühlten. Schließlich war er einmal Kader und in der Kernforschung tätig gewesen, also ein zuverlässiger, verantwortungsvoller Genosse, der der Arbeiterklasse und dem Aufbau des Sozialismus gedient und dabei gelernt hatte, Menschen einzuschätzen.

Im Fortfahren drehten sie sich noch einmal zu ihm um und winkten. Er winkte zurück. Dann schaute er in den Himmel. Hoch über den Dächern der Plattenbauten von Johannstadt hingen dünne, helle Wolken, die einfach keine Ahnung vom Leben hatten.

Pieschen, Kötzschenbroda, Brockwitz, Meißen. Mohn, Kornblumen und sogar ein Kloster. Der Wind kam schräg von der Seite. Jenny radelte voraus. Auf der Rückfahrt kam der Wind von vorn. An einem ehemaligen Bahnhof bei Coswig machten sie Halt. Die Sonne stand bereits tiefer, und der Schatten, den eine Fußgängerbrücke auf die toten Gleise warf, hatte lange Beine. Ein Bahnwärterhäuschen duckte sich in einiger Entfernung zwischen Fluss und Gleisen, und jemand betrieb dort einen Ausschank. Ein paar Tische und Stühle lümmelten sich im Windschatten einer grauen Hausmauer, hinter der einmal die Schalterhalle gelegen hatte. Über der improvisierten Gartenwirtschaft teilten die Leitungen eines Spannwerks ein Stück Himmel unter sich auf. Es gab Pommes und schlimmes Fleisch, aber Jenny und Joseph schmeckte es.

Leben deine Eltern noch?, fragte er.

Jenny schaute zum Papierkorb bei den Fahrradständern. Krähen warteten dort auf Essensreste. Sie sagte: Als meine Mutter siebzehn und Lehrmädchen in einem Porzellanladen in Linz war, stieg mein Vater mit Pistole und einem Freund nachts in ihr Zimmer ein. Sie unterhielten sich nett mit ihr, dann raubten sie sie aus, obwohl es kaum etwas zu holen gab. Sie nahmen sogar die Zöpfe mit, die sie sich eben erst hatte abschneiden lassen. Zwei Tage später kam mein Vater wieder, weil sie ihm gefallen hatte und er sie auf den Strich schicken wollte. Sie ging nicht auf den Strich, aber bekam ein Kind von ihm. Mich. Meine Eltern trennten sich, als ich fünf war. Meine Mutter und ich sind nach Dresden gegangen. Dort kam sie her. Als ich fast erwachsen war, ging ich meinen Vater einmal auf einer Kirmes besuchen, wo er mehrere Fahrgeschäfte zu laufen hatte. Er sagte, ich solle von seinem Schießstand verschwinden, damit ich nicht die Kunden vergraule. Ich sähe so anständig aus in meinem geblümten Kleid. Eine Woche später rief er an, um mich zu fragen, ob ich nicht in seinem neu eröffneten Bordell arbeiten wolle.

Joseph griff in Jennys Haar. Du kannst nicht verhindern, dass dunkle Vögel über deinem Kopf fliegen, aber du kannst verhindern, dass sie in deinem Haar Nester bauen, sagte er.

Genau deswegen bin ich ja Friseuse geworden! Sie lachte.

Seltsames Mädchen, sagte er.

Du bist auch seltsam. Sie legte ihre Hand auf seinen Unterarm, der ihr ziemlich kräftig vorkam, dafür, dass er ein Klavierlehrer war.

Was ist denn mit deinen Eltern? Wo kommst du her?

Joseph schwieg.

Hallo, fragte sie leise, geht es auch genauer?

Nein.

Okay. Sie zog ihre Hand von seinem Arm zurück, ich frag da mal nicht weiter. Schließlich bin ich eine stille Friseuse.

Ach Jenny, sagte er und streichelte ihren Kopf, die Schläfen, die Wangen und mit dem Handrücken ihren Hals. Seine Finger waren der Strich einer Flügelfeder. Als sie weiterfuhren, radelte er voraus. Er lenkte mit einer Hand. Sie sah auf seinen Rücken. Was würde gleich sein? Würde sie als Erste ins Bad gehen und dann die Nachttischlampe neben dem Bett anschalten? Neben seinem oder ihrem? Würde er zu langsam sein Hemd aufknöpfen und sie deswegen ungeduldig nach der Knopfleiste greifen, um es mit einem Ratsch aufzureißen? Drei oder vier kleine Knöpfe würden auf das Laminat in seiner Wohnung springen und dort liegen bleiben, als ein kleines Zeichen von Leidenschaft auf dem Imitat von tasmanischer Eiche?

Mütter aus dem Haus saßen in dünnen Kleidern im Hof, als sie die Räder wieder abstellten. Eine von ihnen strickte an einem dicken Winterpullover. Bei den Bäumen zum Nachbargrundstück hatte jemand Wasser in ein aufblasbares Planschbecken gelassen. Ein Rudel Kinder, von denen gleich zwei Ronja und nur eins Iwan hießen, lief nackt auf platschenden Füßen hin und her, unentschieden, wer Jäger und wer Gejagter sein sollte. In einigem Abstand zu den Müttern saß Albert Abraham auf einem Klappstuhl allein und trug seinen bunten Flickenpullover, der für das Wetter zu warm war.

Schließen Sie Ihre Räder ordentlich ab und kommen Sie mit auf meinen Balkon, rief er, ich stelle Ihnen meinen Vogel vor und lade Sie auf ein Bier ein.

Als Jenny und Joseph die Zweiraumwohnung von Albert Abraham betraten, stand der Vogelkäfig auf einem Sideboard aus den Sechzigerjahren. Jenny steckte einen Finger zwischen die Stäbe, und ein dünner, junger, blassblauer Wellensittich ergriff vor ihrem rot lackierten Nagel die Flucht.

Finger weg von meinem Vogel, sagte Albert Abraham und gab ein warmes, zärtliches Schnaufen von sich. Neben dem Käfig stand das gerahmte Foto einer Frau mit einer Frisur, als sei bei der Morgentoilette der Föhn explodiert.

Wanda?, fragte Jenny.

Ja, mein Weib.

Ist sie tot?

Wieso?

Sie ist unter Glas.

Sie lebt. Aber ich stelle mir manchmal vor, sie sei tot. Dann ist es weniger schlimm, dass die Schlampe weg ist.

Sie ist weg?, fragte Joseph.

Ja, nach Berlin.

Wegen einem Mann?

Kann sein, dass sie dort auch einen zweiten Mann hat. Aber sicher hat sie täglich ein, zwei Gin und ein paar Kerzenständer zu viel.

Wieso denn Kerzenständer?, fragte Jenny.

Wegen ihrem erloschenen Herzen, sagte Albert Abraham, je einsamer die Frauen sind, desto mehr Kerzen zünden sie an, wenn sie allein sind. Wussten Sie das nicht? Und jetzt hören Sie auf zu fragen, Mädchen. Wenn endlich Gras über eine alte Sache gewachsen ist, muss nicht ein junges Kamel wie Sie daherkommen und es wieder runterfressen.

Die kleinen Lichter an Abrahams Balkongeländer hatten die Farbe von reifen Kürbissen. Er schaltete sie für seine Gäste ein. Ihre drei Küchenstühle hatten kaum Platz nebeneinander. Die Bierflaschen stellten sie zwischen den Blumenkästen ab. Im Hof wurde es ruhiger, nachdem die beiden Ronjas zum Abendbrot gerufen worden waren. Eine späte Sonne, die sich in den Fenstern des Hauses gegenüber spiegelte, riss eine letzte gleißend weiße Lichtstraße über den Hof, bevor der ganz im Abend versank. Still wurde es. Das Planschbecken blieb allein zurück. Abraham holte die nächste Runde Bier. Es roch nach Bratkartoffeln aus einem der geöffneten Fenster, und der Mond erschien am Himmel, dick und rund wie eine Pampelmuse. Nach dem dritten Bier verabschiedeten sich Jenny und Joseph. Sie nahmen ihre Stühle mit zurück in die Küche. Im Radio lief leise das Spätprogramm. Wie Simone de Beauvoir und Jean-Paul Sartre im Mai 45 das Ende des Zweiten Weltkriegs im nächtlichen Paris erlebt hatten, berichtete es. Sie, die Frau, sagte ein Sprecher, sei zu müde gewesen, um zu begreifen, was da geschah. Er dagegen schon.

Kommst du noch mit zu mir?, fragte Jenny, als sie auf ihrer und seiner Etage im fünften Stock ankamen. Ich habe noch eine Flasche Grappa.

Sie korrigierte mit der Fußspitze die Matte vor ihrer Tür, die eigentlich ein Teppichrest ihrer Mutter war. Einiges von dem, was sie jetzt wollte, würde eintreffen, vieles nicht. Komm, sagte sie, ich schnarche nicht und ich rede auch nicht im Schlaf.

Das ist es nicht, sagte er. Er nahm ihre Hände und hielt sie so lange, wie man braucht, um eine Buchseite umzublättern. Dabei sah er sie an. Nein, er war nicht unglücklich wegen der Situation jetzt. Oder wegen ihr. Es war ein Unglück, das tiefer lag und älter war.

Was ist es dann?

Ich will dich nicht nackt sehen.

Er ging hinüber zu seiner Tür, schloss auf und schaltete drinnen das Dielenlicht an.

Der Tisch aus hellem Holz, die pastellfarbenen Stühle, die Vase mit den Blumen. Wie einladend das alles aussah, aber wie einsam auch. Es war, als ginge durch das heitere Bild ein feiner, nur mühsam genähter Riss. Auf dem Boden lagen noch die abgeschnittenen Haare vom Mittag.

Sonntagfrüh zählte Albert Abraham zehn leere Bierflaschen neben seiner Tür. Eine davon hatte er als Absacker allein getrunken, nachdem Joseph und Jenny gegangen waren. Als er mit seinem Müllbeutel zu den Tonnen im Hof kam, lag der Junge aus dem ersten Stock, der Iwan hieß, reglos auf den Steinplatten davor, unter einer riesigen, durchsichtigen Plastikplane, wohl aus dem Wertmüll. Obwohl er bereits in der Pubertät sein musste, trug er seiner Mutter noch immer den Wäschekorb in den Hof hinunter, um ihr beim Aufhängen die Socken paarweise anzureichen.

Weißt du, wer ich bin?, rief er Albert Abraham zu, ohne die Plastikplane anzuheben.

Eine Leiche?

Nein! Wellenförmig fing Iwan an sich aufzubäumen.

Nu, weißt du's jetzt?

Ein Wiederauferstandener?

Nein! Ich bin die Elbe, jubelte Iwan und steigerte sich in seine Nummer hinein, bis sein einziger Zuschauer sagte: Ja, jetzt, wo du es gesagt hast, seh ich es auch.

Die Elbe! Fast vergaß Albert Abraham, seinen Müll in die Tonne zu werfen. Die Elbe war seine treuste Freundin, vor allem in den Wintermonaten. Dort fiel der Schnee zauberhafter auf die Herbstgräser als sonst irgendwo in Dresden und auf der Welt. Die Halme schwankten lange noch tapfer weiter im Wind. Ja, der Schnee hielt sie sogar aufrecht in der trockenen, wehenden Kälte entlang der Ufer, in dieser Stille mit Radspuren. Wie oft hatte er besonders im Winter daran gedacht, dort unten beim Fluss von einer Brücke zu springen. Das wäre ein konterrevolutionärer Akt, doch das war ihm egal, seitdem er ohne sein Weib Wanda leben musste. Was war er denn seitdem? Ein flüchtiger Schatten. Ein gestriger Tag. Aber keine Brücke zwischen Riesa und Pirna war hoch genug, um zuverlässig ins Jenseits zu führen. Ob die im Westen höher waren? In Paris oder London? Wenn man ein Selbstmörder von hier war, fuhr man vielleicht besser nach Halle-Neustadt und sprang dort von einem jener Scheibenhochhäuser, in denen nur noch die Tauben wohnten.

Mitte August kaufte Joseph sich eine Enduro. Er hatte den Motorradführerschein eins, war aber lange nicht gefahren. Zwei Straßen vom Haus entfernt, auf dem Gelände des ehemaligen Plattenwerks Johannstadt, übte er. Ein Pförtnerhäuschen, eine Werkslampe, ein altes Kiessilo und tonnenweise Baumaterial standen und lagen dort noch herum. Seinem abenteuerlichen Übungsplatz gegenüber lag der Friedhof, der zur Kirchenruine Trinitatis gehörte. Das älteste Grab dort war dreihundert Jahre alt, stand auf einer Tafel am Eingang. In ihm war ein Diakon beigesetzt, der eines Mittags in der Kreuzkirche ein letztes Mal gepredigt hatte, bevor ein katholischer Fleischerknecht ihn nach dem Essen aufsuchte. Der Diakon hatte den Mann kurz zuvor zum Protestantismus bekehrt, der Konvertit war jedoch gleich wieder zum Katholizismus zurückgekehrt. Er brachte drei lange Nägel, eine kleine Rute, ein Messer und eine Schlinge mit ins Haus des Diakons. Zuerst versuchte er, den Diakon mit der Schlinge zu erdrosseln. Das misslang, aber er machte weiter. Sechs Mal stach er mit dem Messer auf sein Opfer ein und floh danach in den Mittag hinaus, verfolgt von einem zwölfjährigen Nachbarsjungen. Der hatte schreiend die Köchin alarmiert, welche ihrerseits nach der Gendarmerie rief. Als man den Fleischerknecht bei der Stadtmauer stellte, soll er beglückt gesagt haben, er habe einen Luzifer vom Kirchenhimmel gestürzt, er habe einen Seelenmörder im Kampf erledigt. Nun sei sein Herz, zuvor so schwer, ach so federleicht.

An einem Nachmittag, als Joseph auf seinem einsamen Übungsplatz Runden fuhr, fiel die untergehende Sonne durch die hohen Bäume des Friedhofs so, dass er gegen seinen Willen ein Teil der dortigen Stimmung wurde, ein Teil jenes schrägen Lichts der Toten. Er hielt abrupt an, stellte den Motor aus, aber stieg nicht ab. War da nicht ein feines Rattern? Das schlappe Flappen eines Stücks Zelluloid am Ende einer Filmrolle? Joseph nahm den Helm vom Kopf. Das Geräusch blieb. Konnte es sein, dass ein Verstorbener bei anbrechender Dämmerung dort drüben einen alten Projektor auf seinen Grabstein gestellt hatte, um auf die Reste des ehemaligen

Plattenwerks Johannstadt seine eigenen Bilder oder Erinnerungen zu werfen, und er, Joseph, war nicht mehr als eine grobkörnige Sequenz in diesem Streifen? War Teil eines längst fertigen Films? Vielleicht war er nicht einmal das, sondern nur eins von Millionen Körnchen, die in dem gebündelten Licht tanzten, das dort drüben vom Friedhof Trinitatis kam. Joseph saß da, auf seiner Enduro, den Helm in beiden Händen, als hätte er einen Kopf gefunden. Für den Moment war er tatsächlich ein nahezu körperloses Nichts. Federleicht und gemacht aus dem, was alles ist: Staub.

Im Namen des Vaters, des Sohnes und des Heiligen Geistes, sagte Albert Abraham, als Jenny und Joseph in der letzten Augustwoche das Motorrad mit Gepäck bestiegen. Er hatte die Hand gehoben und sie gesegnet.

Ich dachte, Sie sind Kommunist, sagte Joseph.

Richtig, Joseph, sagte Albert Abraham, ich bin zwar Kommunist, aber mein Weib war katholisch. Hier ist übrigens meine Nummer, falls etwas sein sollte.

Joseph legte den Zettel vorne in seinen Taschenkalender, Iwan, mit Brötchen auf der Hand, stand die ganze Zeit mit dabei und starrte Jenny an. Sie trug eine cremefarbene Lederjacke. Die Lederhose für die lange Strecke hatte sie von einer Kollegin geliehen. Eine Jeans fürs Meer und kurze Fahrten hatte sie ebenfalls dabei, aber keinen Regenanzug.

Wir fahren nicht bei Regen, hatte Joseph gesagt.

Und wenn doch einer kommt?

Dann warten wir, hatte er gesagt, unter der nächsten Brücke – oder gleich im Hotel.

Sie hatte ihm einen Führerschein unter die Nase gehalten.

Zur Not kann ich dich auch ablösen.

Hast du auch Fahrpraxis?

Mit sechzehn hatte ich eine Schwalbe, dann eine Simson S50 und kurz sogar eine AWO.

Joseph hatte ihr den Führerschein aus der Hand genommen, das Foto angeschaut und gesagt: Die ist aber hübsch, die würde ich gern mal kennenlernen.

Sie hatte ihm einen verliebten Schlag auf den Hinterkopf gegeben. Irgendeine Berührung war noch immer besser als keine.

Bei der Autobahnauffahrt klammerte Jenny sich fest um Josephs Taille, als er beschleunigte, und blieb so an ihn geschmiegt bis Halle, wo sie den ersten Halt machten. Verliebt, wie sie war, hatte sie beschlossen, zu warten. Wer liebt, wartet, hatte ihre Mutter gesagt, es muss ja nicht immer gleich zum Äußersten kommen. Als sie an der Imbissbude beim Autobahnrasthaus standen, sagte sie: Übrigens, Iwan liebt mich. Diese Feststellung klang wie Niemand liebt mich. Wie ein Vorwurf. Joseph beugte sich zu ihr und küsste sie zwischen die Augen. Na bitte, dachte sie, geht doch, sobald wir zwischen lauter Fremden stehen, die wir nie mehr sehen werden. Sie legte einen Arm um seine Taille, als sie zum Motorrad zurückgingen. Der Himmel über ihnen war unregelmäßig, aber zum Hineinspringen schön. So würde er am Meer auch sein. Im Schattenbild, das vor ihnen herglitt, waren sie einander sehr nah. Sie versuchte den richtigen Abstand zu finden, sodass es wenigstens dort so aussah, als lege er ihr die Hand auf den Rücken. Am Meer würde sie es sogar hinkriegen, dass sich der Schatten seines Arms um den Schatten ihrer Hüfte legte, sobald sie sich nach einem längeren Strandspaziergang auf dem Sand ausruhten.

Haben wir eigentlich einen Plan für heute Nacht, haben wir ein Hotel?, fragte Jenny, als sie mit einem späten Zug auf Sylt ankamen und das Motorrad von der Verladerampe schoben.

Ich habe zwei Schlafsäcke und ein Zelt dabei, so ein kleines von Tchibo. Das reicht für zwei, sagte Joseph.

Ich mag aber keine Campingplätze.

Wieso nicht?

Ich mag das unterdrückte Gestöhne der anderen Paare nicht, während man sich selber gerade kameradschaftlich zurechtlegt, sagte sie, aber schaute ihn bei dem Satz nicht an.

Sie fuhren zum Strand und stellten das Motorrad bei einem Dünenweg ab. Joseph trug beide Rucksäcke, als sie zum Wasser hinuntergingen. Die See türmte sich. Windstärke sechs, schätzte er, setzte die Rucksäcke ab und legte den Arm um sie. Übrigens hat er recht, unser Herr Nachbar, der Kommunist, sagte er. Letzten Endes ist es egal, woran man glaubt, solange man nicht weiß, warum man stirbt. Jenny sagte nichts. Es war kühl. Ins Wasser gingen nur die Tätowierten. Einen davon fragte Joseph nach einem Campingplatz.

Eine halbe Stunde später nagelte er seine krummen Heringe in die Erde, um sein Zelt aufzubauen. Jenny stand mit hängenden Armen daneben. Zwei Frauen saßen nebenan vor ihrem Caravan und starrten Richtung Sonne, die bereits untergegangen war. Beide waren nicht mehr jung und drehten nicht einmal den Kopf in Richtung ihrer neuen Nachbarn.

Albert Abraham saß mit Wolldecke auf seinem Balkon in Dresden-Johannstadt, obwohl es nicht kalt war. Noch nie hatte er versucht, sich die Nordsee vorzustellen. Er war immer nur an die Ostsee gefahren und nahm es jetzt nicht so genau, als er mit drei dürren Strichen einen Campingplatz vor seinem inneren Auge skizzierte, den er mit vielen kleinen, albernen Zelten möblierte, die er aus der Baumarktwerbung kannte. Ab und zu gab es sicher auch einen prächtigen Caravan. Einmal hatte Albert Abraham kurz nach der Wende eine solche Ausstellung für Luxuscaravans besucht, um für sein unruhiges, reisehungriges Weib einen zu kaufen. Am Ende hatte er natürlich nicht genug Geld gehabt, aber hätte sich gern entschieden für einen, der innen ganz mit dunkelblauem Velours ausgeschlagen gewesen war. Nachtblau! So etwas hatte er nur einmal in der Villa eines Funktionärs gesehen. Sogar das Bad war dort vom Fußboden bis in Schulterhöhe mit blauem Teppichboden ausgeschlagen gewesen. Warum? Egal. War einfach schick und nobel. Für einen Moment hatte bei ihm damals alles Denken ausgesetzt, sogar das dialektische, das einem zwar Strukturen klarer, aber nicht das Leben leichter machte. Albert Abraham hatte sich gewünscht, einmal in seinem Leben Denken und Fühlen miteinander verwechseln und so in aller Gelassenheit verrückt werden zu dürfen. Denn eigentlich wäre er immer gern ein wahnsinnig toller, böser, unberechenbarer, zauberhafter Kerl gewesen. Dann hätte er vor allem das Genosse-Sein ganz anders genießen können.

Und sein Verhältnis zu Frauen auch.

Auf seinem Balkon fing Albert Abraham an zu lachen. Jenny, Jenny, Jenny, Finger weg von meinem Vogel, sagte er leise. Dann fing es an zu regnen. Am Meer regnet es sicher nicht.

Dort blies der Wind die Wolken fort. Er nahm die Decke vom Schoß. Sie war nicht gegen die Kühle des Abends, sondern eher gegen die Kälte des Alters. Er faltete sie zusammen und ging hinein. Drinnen legte er ein sauberes Trockentuch über den Vogelkäfig und sagte: Nacht, Kleiner. Sein Blick fiel auf das Bild seiner Frau. Eine Frau unter Glas, hatte Jenny gesagt und so seinem Weib, dieser Schlampe, die Aura und Attraktivität einer lebenden Toten angedichtet. Sie war tatsächlich märchenhaft schön gewesen, seine Wanda, wenn sie über den Hinterhof auf den Seitenflügel zugelaufen kam und er ihr vom Balkon aus zugeschaut hatte. Ja, das war eins a gewesen. Alles an ihr hatte gelächelt, sogar ihr Gang bis hinunter zu den Füßen, die sie wie ein Mannequin voreinander gesetzt hatte. Damals hatte er sie oft im Verdacht gehabt, dass sie drüben in der Kaufhalle Modrow getroffen und mit ihm geflirtet hatte. Wanda, Wanda, sagte er leise, was war das nur mit uns?

Was machen wir heute?, wollte Jenny wissen, als sie am Morgen den Reißverschluss vom Zelt aufzog, um über ein paar Grasbüschel und eine schwarze Feuerstelle hinweg auf den Streifen Schilf und den dunklen Schlick des Wattenmeers zu schauen.

Was machen wir heute, Joseph?

Der Geschmack von Salz zitterte in der Luft. Am dunklen Wasser lief ein Kind entlang und sang allein in den an- und abschwellenden Wind hinein. Mama ist eine Blume. Papa ist ein Tofu. Titti ist eine Tür. Susi ist eine Wolke. Opa ist eine Lampe. Oma ist ein Zipp.

In der Nacht hatten irgendwelche Abdeckplanen unanstän-

dig im salzigen Wetter geklatscht. Nachdem sie die Taschenlampe gelöscht hatten, hatte Joseph seine Hand auf Jennys
Schlafsack geschoben, dahin, wo er ihren Bauch vermutete.
Dann hatte er seinen Kopf in ihren Schoß gelegt, und diesmal
war ihre Hand der Strich einer Flügelfeder in seinem Haar
gewesen, bis er anfing zu weinen.

Wovor hast du Angst, Joseph?

Er gab keine Antwort. Hatten sie miteinander geschlafen?
Ja, aber nur kurz, erinnerte sie sich. Jenny kroch aus dem Zelt.
Gleich neben ihnen stand noch immer der Caravan. Auf der
mobilen Terrasse saßen die beiden Frauen bereits beim Frühstück, die ältere mit, die jüngere ohne Lockenwickler. Es gab
Espresso und Zigarette. Ein massiver Glasaschenbecher fun-
kelte in Spektralfarben auf dem Campingtisch zwischen ihnen. Als Jenny hinter sich ins Zelt schaute, hatte Joseph bereits angefangen, sich mit dem Rücken zu ihr anzuziehen.
Was ist das nur mit uns?, dachte sie.

Das Dorffest fand am Abend in der alten Feuerwache statt,
keine hundert Meter von der offenen Meerseite entfernt.
Wenn die Band nicht spielte, war das unermüdliche Schwap-
pen und Schlagen der Wellen zu hören, das versprach, dass
auch die Ewigkeit einen Rhythmus hat. Der Mond über dem
Wasser war voll und mit dunkleren Flecken als sonst auf seiner Oberfläche. Am Rand einer Bierbank saßen die Nachbarinnen vom Campingplatz allein. Sie tranken Schnaps, rauchten und lächelten mit herrlichen Zähnen, die sicher nicht echt
waren. Joseph und Jenny setzten sich ans andere Ende der
Bank. Die jüngere trug schwarze Stiefel mit hohen Absätzen,
schwarze Hosen, die sicher Mühe machten beim An- und

Ausziehen, und eine schwarze, transparente Bluse. Der älteren standen die verstellbaren Klettverschlüsse ihrer Gesundheitssandalen über den Söckchen offen. Sie nickte Jenny zu. Ja, schauen Sie nur, sagte sie. Wir sind Mutter und Tochter, das ist fürs Reisen immer ganz praktisch, kann ich nur sagen.

Eine Band aus vier Musikern und einer Sängerin mit Cowboyhut spielte gerade *Yesterday*. Joseph holte Bratwurst. Dann war der Song zu Ende.

I believe in yesterday, wiederholte die Sängerin und nuschelte noch etwas ins Mikrofon. Vickie? Zicki?

Bitte nicht, sagte die jüngere der beiden Nachbarinnen und schob ihre Sonnenbrille vom Haaransatz zurück auf die Nase, obwohl es bereits dunkel wurde.

Kind, bleib sitzen, wir trinken noch einen, und dann ab in die Kasematten.

Nein, Mutter.

Bleib.

Ich geh.

Sie stützte die Fäuste auf den Tisch und verharrte kurz in dieser Pose, fremd, nicht mehr jung und allein, bevor sie an Tresen, Grill und Tombola vorbei zur Bühne stakste. Auf ihrem Weg schob sie die Sonnenbrille wieder zurück ins Haar. Beim Treppchen zur Bühne knickte sie mit dem Fuß um. Eine verwahrloste Königin in Schwarz. Der Schlagzeuger sprang auf, aber die Sängerin war schneller. Sie reichte ihr die Hand. Still war es plötzlich. Nur das Meer rauschte, und irgendwo goss sich jemand sehr laut aus einer Flasche Mineralwasser nach. Sie haben wirklich einen schönen Freund, sagte die Frau, die jetzt auf der Bühne stand, ins Mikrofon. Sie suchte Jennys Augen, und Jenny suchte Josephs Blick.

Wirklich, ein schöner Mann, wiederholte die Frau.

Sie hatte kaum merklich Akzent oder einen kleinen Sprachfehler. Für die, die es nicht wissen, fügte sie an, ich bin Vickie Vanderbeke, geboren 1946 in Gent, Belgien, Augen graugrün, 1,64 groß, geschieden, Sternzeichen Krebs – Krebs, wie die Krankheit. Ich habe keine Seite auf Facebook, und wie viel ich wiege, weiß ich auch nicht.

Sie lispelte jetzt deutlich, aber schwankte nicht mehr. Sie drehte sich zur Sängerin, die eine Armlänge entfernt wie ein Schulmädchen herumstand. Den Hut, sagte sie, und leise fügte sie an: bitte. Die Band blieb auf Position und sah zu, wie die Frau sich anmutig zum Mikrofon reckte und a cappella zu singen begann. Die ganze Zeit über hielt sie dabei den Cowboyhut vor den Bauch, als hätte sie dort eine Fliege gefangen. Sie sang auf Englisch. Sie sang so gut, dass die meisten Zuhörer sich rasch langweilten. Ihre Mutter rauchte. Nach dem dritten Song warf Vickie Vanderbeke den Cowboyhut wie eine Frisbeescheibe ins Publikum. Joseph fing ihn auf. Sie applaudierte ihm, während sie versuchte, vorsichtig wie eine alte Frau, wieder von der Bühne zu klettern. Joseph legte den Hut auf den leeren Platz der Mutter gegenüber. Mutter und Tochter brachen gleich danach auf. Jenny und Joseph sahen ihnen nach, zwei kleine, rundliche Gestalten, die Arm in Arm Richtung Bushaltestelle und Campingplatz gingen, während die Sängerin sich ihren Cowboyhut wiederholte. Zurück auf der Bühne, sagte sie: Mal sehen, ob unser Gitarrist die sechs Geigen ersetzen kann, die jetzt nötig wären für einen ganz bestimmten Song. Ich singe nämlich jetzt … Sie machte eine Pause.

Niemand schenkte sich Mineralwasser nach.

Ich singe jetzt den Song von Vickie Vanderbeke, der sie weltberühmt gemacht hat.

Die Gitarre setzte ein, und das Meer zwischen hier und dem Horizont schlug an den Strand.

Am nächsten Morgen wurde Jenny noch früher wach als am Vortag. Der weiße Nebel des Sonnenaufgangs hing über dem Wattenmeer. Beim Deich blökten die Schafe und hoch über ihnen zog ein kleinerer Raubvogel seine Kreise. Der Tag war jung und lag wie Gold über der Welt, auch wenn die Welt in diesem Fall nur ein Campingplatz war, über den eine kleine Frauengestalt vom Waschhaus her in einem großen, dunkelblauen Bademantel und mit Kapuze über dem Kopf auf Jennys Zelt zukam. Joseph schlief noch. Jetzt blieb der dunkelblaue Bademantel vor Jenny stehen, die auf allen vieren aus dem Eingang gekrochen kam.

Schläft Ihr schöner Freund noch, der mit den Katzenaugen?

Ja, er schläft, log Jenny, die merkte, wie Joseph sich in ihrem Rücken aus seinem Schlafsack schälte.

Kommen Sie uns besuchen, falls Sie mal in Berlin sind. Ab und zu habe ich dort auch ein Konzert.

Aus dem umgeschlagenen Ärmel des dunkelblauen Bademantels schüttelte sich eine Hand und hielt ihr eine Karte hin.

Aber kommen Sie bald, sonst habe ich Sie wieder vergessen.

Gern.

Aus der Ferne blökte jetzt nur noch ein einzelnes Schaf, offenbar ein kleines, während der Bademantel Richtung Wattenmeer ging.

Mittags trödelten Jenny und Joseph auf dem Motorrad die Alte Dorfstraße entlang, immer von einem gelben Briefkasten zum nächsten. Jenny fuhr. Sehr langsam und sehr glücklich fuhr sie kleine Schlangenlinien, sodass sie die Nummernschilder der parkenden Autos am Straßenrand lesen konnte. Mettmann, Dortmund, Hamburg, Essen, Bochum. Im Fahren drehte sie sich zu Joseph um.

Mein Gott, wie jung wir noch sind, wir sind doch noch richtig jung!, rief sie.

Beim Lebensmittelladen, an dem einer der Briefkästen hing, stiegen sie schließlich beide ab. Er würde zu Weihnachten schließen, stand an der Eingangstür. Aus Altersgründen.

Sie geben den Laden auf?, fragte Joseph den Mann an der Kasse und nahm den Helm ab.

Rischtisch! Der Mann stand auf, als gälte es, eine Meldung dazu zu machen. Wollen Sie übrigens keine Pflaumen mitnehmen, ganz frisch vom Festland, heute früh angekommen? Es sind die ersten in diesem Jahr.

Wir fahren morgen zurück, sagte Joseph.

Dann nehmen Sie sie doch mit auf die Reise.

Joseph legte eine Tüte Milch und zwei Flaschen Bier auf das Transportband. Jenny studierte die Kleinanzeigen des schwarzen Bretts über den Einkaufswagen: *Haushaltshilfe gesucht, gern auch Studentinnen, aber nur Nichtraucherinnen. Lerne in drei Wochen Englisch. Löse schwarze Magie auf, finden Sie Liebe und Arbeit mit weißer Magie. Hund entlaufen. Kaufe Haare auf.*

Jenny sog die Lippen nach innen. Das sollten sie also gewesen sein, die schöneren Tage? Und wenn sie einfach bliebe? Schwarze und weiße Magie war nicht so ihre Sache. Aber Friseuse in Westerland – wäre das nicht was?

Schade, dass wir fahren, sagte sie, als Joseph Milch und Bier hinten im Alukoffer des Motorrads verstaute.

Na, so schön hatten wir es nun auch wieder nicht, sagte er.

Nicht? Sie starrte ihn an.

Sorry, war so nicht gemeint. Wir machen auch einen schönen Umweg, über Berlin, einverstanden?

Wieso über Berlin?

Da habe ich mal gewohnt, in Steglitz, bis ich vierzehn war.

Hochinteressant, sagte Jenny, wirklich hochinteressant, und das wissen ja auch nicht so viele Leute, oder?

Bist du sauer?

Erneut sog sie die Lippen ein, um sie mit Druck freiplatzen zu lassen. Das klang so, als würde ein alter Frosch in einen Teich springen.

Am Tag darauf fuhren sie zum Bahnhof Westerland, verluden das Motorrad und hatten noch knapp eine Stunde Zeit. In der Sylt-Kantine für Bahnangestellte gab es Frühstück für drei Euro, Mittagseintopf für fünf Euro und auch was für den kleinen Hunger am frühen Abend. Von ihrem Fensterplatz aus sahen sie den Zug auf Gleis eins des Kopfbahnhofs stehen. Ein altes Paar ohne Gepäck ging Hand in Hand den Bahnsteig entlang. Er groß und sie sehr zerbrechlich. Joseph schubste Jennys Teller mit dem Rührei näher zu ihr heran.

Iss, meine Schöne, wird sonst kalt.

Und jetzt will ich einen Kakao, krähte ein Kind quer durch den Raum.

Iss, sagte Joseph.

Kakao, ich will einen Kakao! Das Kind blieb hartnäckig.

Wir müssen uns trennen, sobald wir zurück sind, sagte Jenny.

Wieso, sind wir denn zusammen? Er blickte sie an, fest und offen, und ein Schmerz glänzte in seinen Augen, eine Absicht, die sie nicht begriffen hatte, bevor sie wieder entschwand. Sie schwiegen. Was blieb ihr anderes übrig, als aus dem Fenster zu schauen?

Bei der Bahnhofshalle angekommen, doch meilenweit oder Jahre entfernt, ließ das Paar ohne Gepäck sich von einem jungen Mann die Schwingtür neben dem Ticketautomaten aufhalten. Auf der runden Bahnhofsuhr darüber sprang stur der dünnste von drei Zeigern Strich um Strich weiter.

Das Schweigen hielt an.

Kakao, Kakao, schrie das Kind, während es von seiner Mutter zum Ausgang der Kantine gezerrt wurde.

Ich will ein Kind, sagte Jenny.

Ich nicht, sagte Joseph und nickte. Sie streckte die Finger bis zu seinem Arm aus und berührte ihn.

Du warst auch nicht gemeint, sagte sie.

Wieder auf dem Festland, holten sie das Motorrad bei Niebüll aus dem Autozug. Es war kurz nach sieben. Hinter Hamburg tauschten sie auf einer ruhigen Bundesstraße, die lauter schlafende Straßendörfer miteinander verband, die Plätze. Jenny wollte unbedingt fahren.

Warum?

Darum, hatte sie gesagt, mit einem Gesicht, das sehr ernst, fast feindselig gewesen war. Joseph war zu müde, um energischer zu widersprechen. Unter einer Straßenlaterne, die die angeketteten Tische und Stühle einer Bäckereikette mit beleuchtete, gab er ihr den Zündschlüssel. Vorsicht, kleine Jenny, hatte er gesagt, sich hinter sie gesetzt und zärtlich ihre Taille umfasst. Vorsicht, das ist keine Friseusenschleuder.

Jennys Beerdigung fand in Dresden statt, während Joseph in Berlin noch im Krankenhaus lag. Als sich Albert Abraham gegen halb elf Uhr auf den Weg zum Trinitatis-Friedhof machte, kehrte er beim Büdchen an der Ecke ein, kaufte eine Dose Bier und erinnerte sich daran, wie er nach dem Fall der Mauer das erste Mal so eine Dose in der Hand gehabt hatte. Er hatte nicht gewusst, wie man sie öffnete. Ohne Dose Bier jedoch hätte er im Nachhinein betrachtet sein Leben auch verstanden. Anders war es mit dem Marmeladenglas von Wanda. Sie hatte ihm einmal erzählt, dass sie fast auf die erweiterte Oberschule gekommen war. Sie war aus einer Arbeiterfamilie gekommen und eine ausgezeichnete Schülerin gewesen. Der eigentliche Grund aber war ein Deutschaufsatz gewesen. Sie hatte über ein Marmeladenglas geschrieben mit Resten von dunkelrotem Johannisbeergelee darin, das auf einer Spüle auf und ab rollte, um nicht ausgewaschen zu werden. Es weigerte sich, gespült zu werden, hatte Wanda gesagt, denn danach wäre es kein Marmeladenglas mehr gewesen. Die Deutschlehrerin war beeindruckt, meine Eltern weniger, hatte sie gesagt, und ich blieb, wo ich war.

Ja, er, Albert Abraham, war auch ohne Bierdose Albert Abraham. Doch das Leben seines Weibs war ohne das Marmeladenglas einfach nicht zu verstehen.

WUNDER

Sie liegt flach auf dem Rücken und schlägt die Augen auf. Ist es Nacht oder nur Nacht im Zimmer? Regnet es draußen, verzagt und düster? Ist November oder Mai? Wie lange liegt sie schon hier? Einen Tag oder sind Wochen und Jahre vergangen? Ist sie krank, und dies hier ist ein Krankenhaus? Oder ist es nur eine weitere Station in einem endlosen Traum?

Irgendwo klingelt ein Telefon. Dann hört sie das Klingeln deutlicher, denn die Zimmertür öffnet sich, und ein schmaler Läufer aus Licht fließt über den Fußboden auf ihr Bett zu. Zimmer 211 oder 212, fragt jemand von fern, wo kommt das Abführmittel hin? Ein Krankenhaus also, denkt sie, sieht das Licht und freut sich. Allein die Tatsache, dass sie sehen kann, ist Grund zur Freude. Ob sie vielleicht gar nicht wegen einer Krankheit im Krankenhaus ist, sondern weil es in ihrem Leben keine Freude mehr gegeben hat?

Sag mal?

Ja?

Wer bin ich?

Egal, sagt das Licht.

Jemand in einem weißen T-Shirt betritt durch die geöffnete Tür ihr Zimmer. Ein Pfleger. Sie schließt die Augen. Er lässt die Tür geöffnet und pfeift, während er auf und ab geht. *Habanera?* Das ist eine Arie aus *Carmen,* weiß sie, obwohl sie nicht genau weiß, wer sie selber ist. Sie blinzelt.

Wer bin ich also?

Ist egal, sagt das Licht, solange du den Duft eines gebratenen Hähnchens, das breite Grau der Elbe, Carmen und eine Männerhand, die dich liebt, erkennst.

Geh nicht, sagt sie zum Licht, ich hab Angst.

Wieso?

Mir ist mein Name wieder eingefallen.

Das Licht klettert auf ihre Bettdecke, denn die Tür hat sich weiter geöffnet. Der Pfleger hört auf zu pfeifen.

Kaffee, mein Freund?, fragt eine Frau in den Raum hinein.

Danke, habe schon vor der Übergabe gefrühstückt.

Die Frau lehnt im Türrahmen und zieht einen festen Kniestrumpf höher. Er hat die Farbe von Fleisch, der Strumpf.

Das war vielleicht eine Schicht, sagt sie, vor Mitternacht ein paar Frakturen, die üblichen Intoxikationen, und nach Mitternacht dann drei Freunde aus dem Kosovo, die eigentlich Karten spielen wollten. Zwei landeten mit Messer im Bauch bei uns. Danach gab es noch eine Thoraxdrainage. Motorradunfall. Die Frau am Steuer ist tot. Aber der Kerl dazu, der danach eingeliefert wurde, das ist ein schöner Mann!

Schön für dich, sagt der Pfleger.

Geht so. Ich hab wegen dem einen alten Nachbarn am Hals. Er führt sich wie Verwandtschaft auf, bleibt auf dem Gang sitzen und will sich kein Hotelzimmer suchen. Er weiß nicht, wie man das im Westen macht, sagt er.

Ist er aus der Ukraine?

Nein, aus Dresden. Und was hast du hier?

Hirnödem, punktiert, aber hilft nichts, sagt der Pfleger, bevor er mit der Frau den Raum verlässt, aber nicht die Tür hinter sich schließt.

Das Licht bleibt.

Frauen ihres Jahrgangs hatten manchmal schöne Namen. Irgendwer war so sorgsam gewesen, sie Senta, Natascha oder Valentina zu nennen. Sie hieß Wanda. Kein schöner Name, fand sie, aber er passt zu ihren hohen Wangenknochen und den kleinen Füßen. Sie hatte erst Bäckerin, Spezialität Mohnstreusel, dann Kosmetik gelernt. Eine Behandlung bei VEB Figaro neben der Kaufhalle Dresden-Johannstadt hatte damals zehn Mark gekostet. Augenbrauen wurden grundsätzlich verschwindend schmal gezupft, bis dann die Mauer fiel. Wanda wäre gern auf die erweiterte Oberschule und dann auf die Kunstakademie gegangen. Sie malte, aber nur Sachen, die nicht viel Platz in der Zweiraumwohnung wegnahmen. Kleinformatiges eben. Ohne Fluchtpunkt. Auf vielen Bildern waren Asiatinnen gewesen, lauter Variationen auf die rätselhaft freundlichen Frauen aus Nordvietnam, die manchmal bei VEB Figaro zum Putzen kamen, eigentlich im Plattenwerk um die Ecke arbeiteten und irgendwo in einem Arbeiterhotel wohnten.

Siehst selber wie so eine kleine Asiatin in blond aus, hatte ihr erster Mann gesagt, ich wundere mich, dass man auf so kleinen Füßen wie deinen überhaupt laufen kann. Der liebe Albert! Sie hatten beide gelacht. Sie hatten viel zusammen gelacht.

Er war in der Kernforschung tätig gewesen.

Scheiß Kinderlosigkeit.

Ein Schlauch, so dick wie ihr kleiner Finger, kommt aus ihrem Körper und verbindet sie mit einem Ständer aus Edelstahl neben dem Bett. Ein Futterständer für kleine Vögel? Aber hat sie denn Hunger? Was hat sie gegessen, bevor sie an diesen Futterständer angeschlossen worden ist? Wo war sie gewesen, als der Tod kam und nicht mit sich reden ließ? War sie zu Hause, oder beim Kaffeetrinken vor einer Bäckerei gewesen? So schöne Kastanien, überall! Wann kommt sie eigentlich hier wieder raus? Wohin danach?

Nach Hause, ist die einzige Antwort, die ihr einfällt. Aber wo ist das?

Kein Bild.

Die Sanitäter, die nach zwanzig Minuten eingetroffen waren, sagten: Die hat zu viel getrunken, die nehmen wir nicht mit. Sie trinkt seit zwei Jahren nicht mehr, sagte jemand, den sie nicht sehen, nur hören konnte, und der eigenhändig und allein versuchte, sie auf die Trage zu heben. Ein Sanitäter fasste schließlich mit an.

Sie war in den schwarzen See in ihrem Kopf gefallen. Als der später wieder an Wasserstand verlor, hatte sie sich an seinem Ufer sitzen sehen. Hunde bellten, und Vögel flogen ihr durchs Haar. Leute in Schwarz standen zwischen Särgen herum. Sollte wer gestorben sein? Warum hatten diese Leute in Schwarz nichts dagegen getan? Sie war aufgestanden und an Mauern entlanggelaufen, unsicher, ob das noch Stein war oder in Sperrholz verwandelte Zeit. Immer wieder hob sie die

Hand. Kurz lichtete sich dann ein Nebel. Sie sah eine andere Hand sich heben, die ein großes, großes, großes Winken veranstaltete, vielleicht, um sie nicht einfach fortgehen zu lassen nach drüben, ins Nichts. Trotzdem landete sie in jener dortigen Kälte, in jenem Lazarett und Bett an Bett mit anderen, deren Körperkonturen sie zwischen den Laken wie Landschaften unter Schnee erkennen konnte, aber nicht deren Gesichter. Sie hatten keine. Schwestern gingen zwischen den Betten hin und her, verteilten Essen und Trost und hatten ebenfalls keine Gesichter.

Du bist wach!

Raus!

Aber Wanda?

Er kam bereits über den breiten Läufer aus Licht näher, als sie die Augen öffnete. Ein sanftes Pferdegesicht beugte sich über sie. Sie musterte die Glatze.

Wer sind Sie denn?

Wanda, ich bin doch dein Mann, sagte er und winkte.

Mein Mann?

Wir sind seit über zwanzig Jahren verheiratet.

Nun machen Sie mich aber mal nicht älter, als ich bin, sagte sie und drehte sich zur Wand.

Er blieb an ihrem Bett sitzen. Das war nicht Albert. Er war ein anderer Mann. Ihr zweiter vielleicht? Auf jeden Fall ein Mann zweiter Wahl, fand sie, auch ohne ihn noch einmal genauer anschauen zu müssen. Sein Name? Er klang so ähnlich wie *Bonheur*, fiel ihr ein. *Bonheur*, Glück? Hieß sie dann auch so? Hoffentlich nicht. Es wäre ihr wie Verrat an allem vorgekommen, was eigentlich ihr Leben ausmachte.

Wo bin ich hier?

Im Krankenhaus in Steglitz, antwortete der Mann.

Lange schon?

Ja, ziemlich lange. Darf ich dich was fragen, Wanda?

Sie wollen wissen, wie es dort drüben war, stimmt's?

Ja.

Der Tod ist nicht wie im Kino, sagte sie. Er kommt ohne Musik, ohne Hoffnung dabei. Er lässt nicht mit sich reden, Herr Bonheur.

Bonnaire, sagte er, De Bonnaire. Wir heißen beide so, und ich liebe dich, Wanda.

Ach, lassen Sie mich doch in Ruhe, sagte sie.

Am nächsten Tag wurde sie in ein Dreibettzimmer geschoben und bekam den Platz am Fenster, gleich bei der Heizung. Sie legte eine Hand zwischen die Eisenrippen: Die sind ja kalt!

Es ist August, antwortete der Mann, der von gestern. Also ihr Mann. Ja, was für ein sanftes Gesicht er hatte, in der Tat. Vorsichtig zog er seinen Stuhl in die Lücke zwischen ihrem und dem nächsten Bett. Er hatte zwei große, herabhängende Engelsflügel dabei. Wahrscheinlich hatte er in der langen Zeit, in der sie nicht bei ihm gewesen war, vergessen sie zu stutzen. So wie er auch vergessen hatte, sich die Haare aus Ohren und Nase zu schneiden.

Die Frau im Nachbarbett trug Zöpfe, obwohl sie über siebzig sein musste. Sie dirigierte Musik, die leise aus dem Radio kam, sobald etwas an den Tonfolgen zu ihr zu sprechen schien. Es folgten die Nachrichten, und sie fing an zu weinen.

Jetzt hören Sie doch mal auf mit dem Geheul, sagte Wanda. Die Nachbarin strich die Zöpfe auf dem Kopfkissen glatt.

Habe ich von meiner Oma geerbt, ich bin eben auch nah am Wasser gebaut.

Ich glaube, wir erben nur das Sterben, sagte Wanda.

Ganz wie Sie meinen. Die Frau im Nachbarbett lächelte.

Das dritte Bett im Zimmer war leer.

Das ist ein Wunder, sagte der Chefarzt, der am Nachmittag kam. Er las die Akte am Fußende des Betts und griff nach ihrer Hand.

Was kommt, das muss man begrüßen, was ausbleibt, auf das muss man warten, sagte Wanda und entzog ihm die Hand, um mit unruhigen Fingern die Fransen an ihrer Wolldecke weiterzuflechten. Ein Wunder, wiederholte der Chefarzt etwas zu hastig, zu abgehackt, so als sei das Wort auf seinem Weg woandershin gegen ihn gestoßen und hängen geblieben.

Egal. Seine Art gefiel ihr. Der ganze Mann gefiel ihr, und sie fragte: Kennen wir uns vielleicht? Haben Sie vielleicht auch einmal in der Kernforschung gearbeitet, und haben Sie Kinder?

 LOTTCHEN

Haben Sie die grüne Bretterbude unter der Brückentreppe gesehen, Liebes, die aussieht wie ein großer Geräteschuppen?

Die Frau zeigte zum Brückenkopf nahe der U-Bahn-Station Embankment.

Das ist meine Imbissbude. Ich koche für Taxifahrer, Liebes, aber nur für solche, die eine Lizenz haben. Ich heiße übrigens Zaxi. Meine Gäste nennen mich seit vierzig Jahren so. Zaxi kommt von Taxi and sexy.

Sie trug einen strähnigen Pelzmantel, zerrte einen großen Hund an der Leine hinter sich her und strich sich mit einer Hand über die Schläfe. Ein Rest von Haar, ein Rest von Blond.

Der geht übrigens bei jeder Temperatur ins Wasser. Sie zeigte auf den Hund: Der kommt nämlich aus Polen!

Polen, hatte sie gesagt, als sei Polen eine Entschuldigung dafür, den Köter an Bea hochspringen zu lassen, als wolle er sie lieben oder töten. Sein Fell hatte die Farbe von Vanillepudding.

Nehmen Sie es ihm nicht übel, Liebes, gestern hat er sogar zwei bemalte Styroporkugeln aus dem Karton mit Weihnachtsschmuck gefressen.

Die Passanten auf der Brücke schlossen einer nach dem anderen ihre Schirme aus Tokio, Riga, Mailand, Recklinghausen oder dem Hotel. Bea streckte den Arm aus und hielt die Handfläche nach oben. Für einen Moment fühlte es sich so an, als bettle sie. Es regnete tatsächlich nicht mehr.

Am Südufer drehte sich verschlafen ein Riesenrad. London Eye, sagte Zaxi und ahmte mit der freien Hand die Bewegung der Gondeln nach. Bea zog zur Antwort eine Postkarte mit dem Riesenrad bei Nacht aus ihrer Manteltasche.

Wundervoll!, rief Zaxi, als sei sie selbst mit der englischen Königin darauf abgelichtet, und Bea entgegnete: Dabei weiß ich noch gar nicht, wem ich die Karte schicken soll.

Haben Sie keine Geschwister? Unter Zaxis Frage lag stumm eine zweite: Haben Sie etwa keinen Mann, keine Kinder?

Ich habe eine Schwester, aber ich kenne sie kaum. Wir sind nicht zusammen aufgewachsen.

Ach, müde sehen Sie aus! Zaxi fuhr mit einer Hand knapp vor dem eigenen Gesicht entlang. Sieht Ihre Schwester Ihnen ähnlich?

Nein, wir haben nicht den gleichen Vater. Offenbar hatte meine Mutter mit zwanzig einen besseren Geschmack als mit vierundzwanzig.

Ach, wiederholte Zaxi, Sie finden sie also hübscher als sich selbst?

Bea steckte die Postkarte vom Riesenrad weg und zog eine lose Zigarette und ein Zippo aus der Tasche ihres lila Mantels.

Katharina war wegen Platzmangel nicht mit ihr aufgewachsen. Sie hatte bei einer kinderlosen Tante gelebt. Einmal war sie von dort fortgelaufen, bei Mutter und kleiner Schwester vorbeigekommen und über Nacht geblieben. Beim Abendbrot hatte sie ein Plüschtier neben ihren Teller gesetzt und die enge Dachwohnung mit den Augen abgetastet. Vor dem Schlafengehen hatten sie sich Beas Kinderzahnbürste schwesterlich geteilt und waren in ein Bett gekrochen. Bea hatte von ihrer Liebe zu dem Jungen von nebenan erzählt. Sveny, oh Sveny, hatte Katharina spöttisch gesungen und ihr geraten, sich ruhig zu verloben, aber nur, um sich danach weiter umzuschauen. Die Dunkelheit, die auf der staubgrauen Fensterluke über dem schmalen Bett lastete, hatte sie für die kleine Schwester zum Großstadthimmel umgedichtet. Berlin, London, Paris! In jener Nacht hatte Bea nicht wie sonst den Rücken gegen die Wand, sondern den Bauch gegen den schönen Hintern ihrer schönen großen Schwester gedrückt.

Sie zündete die Zigarette an.

Sie rauchen, Liebes, sagte Zaxi, das kann tödlich sein! Ihrem Lächeln fehlten vorn zwei Zähne. Dafür trug sie Kreolen an den Ohrläppchen, durch die ein Tennisball gepasst hätte. Kupfer-, Gold- und Silberdrähte wanden sich umeinander. Gesund war das nicht, aber sollte wohl Glück bringen.

Über der Stadt lag leichter Nebel. Die Scheinwerfer der Autos waren eingeschaltet. Der Brückensteg war mit einem Firnis Wasser überzogen vom letzten Schauer, und die Stangenkonstruktion, die die Brücke von Ufer zu Ufer trug, spitzte sich in zwanzig Metern Höhe auf unsichtbare Punkte zu, um sich dort am Bleigrau des Himmels festzuhalten. Eine Menge Menschen liefen von der U-Bahn nach Southwark, die meisten davon Touristen. Aber niemand trug einen so albernen lila Mantel wie Bea, glockiger Schnitt, schmale Taille, Stil *Doktor Schiwago*. Er stand ihr überhaupt nicht. Ihre Schultern waren zu breit und ihre Haare zu kurz für das Modell. Doch gestern beim Einkauf auf der Oxford Street hatte sie sich wie eine Eisprinzessin darin gefühlt.

Mit einem harten, metallischen Klack schloss sie ihr Feuerzeug wieder.

Da drüben war mal das Viertel der Spelunken und Bordelle, sagte Zaxi. Ihr ausgestreckter Zeigefinger fuhr die Silhouette des Südufers entlang, vom Riesenrad über die Royal Festival Hall bis hinüber zur nächsten Brücke.

In den Hutfabriken wurden die armen Arbeiter verrückt, Liebes, ihre Gehirne gingen kaputt beim Hütemachen, weil sie den ganzen Tag Klebstoff einatmeten. Sie wurden zornig und schläfrig, niedergeschlagen und vergesslich, ängstlich und schlaflos, die armen Arbeiter. So eine Art Klebstoff ist mein Mann auch, dachte Bea, aber sagte laut: Arbeiter, sind die nicht immer arm? Oder sind das hier nur die Arbeitslosen?

Gestern Abend hatte sie sich zwischen den tapezierten Wänden ihres Hotelzimmers ziemlich allein gefühlt, hatte später noch einmal ihren neuen Mantel übergezogen und war bei Regen ins Kino zwei Straßenecken weiter gegangen. Der Film war melancholisch und spielte in Tanger und Detroit. In der Anfangseinstellung drehte sich die Hauptdarstellerin mit ausgebreiteten Armen im Kreis, überblendet von einem Plattenteller, der sich ebenfalls drehte. Aus der Vereinigung beider Drehungen tauchte das blasse Gesicht eines Mannes auf, dem es aktuell an Liebe und chronisch an Blut zu mangeln schien. Beim Schauen hatte Bea sich wie die Abtastnadel des Plattenspielers gefühlt. Es hatte wehgetan, dieses feine Nadelsein. Die Hauptdarstellerin hatte ihrer Schwester Katharina ähnlich gesehen. Im Abspann aber hieß sie Tilda Swinton.

Als Bea aus dem Kino gekommen war, hatte sie sich erschöpft und unwichtig gefühlt. Warum? Darum: Gegen Ende des Sommers hatte Sven zwei oder drei Mal so heftig mit ihr geschlafen, dass sie gewusst hatte, sie war nicht gemeint. Es lag an irgendeiner anderen Frau, dass ihn ein himmelschreiendes Gefühl beim Sex fast zerriss. Nein, kein Gefühl für sie, kein Zeichen von Treue war es gewesen, als er danach die Nase an ihrem Hals platt gedrückt und geweint hatte. Sie war für ihn längst uninteressant geworden. Recht hatte er. Das Wort uninteressant schien extra für sie erfunden worden zu sein, aus Mangel an anderen Beschreibungsmöglichkeiten für eine Person wie sie. Keine Person eigentlich, mehr unfreies Wasser in einem See, der gerade umkippte.

Da! Zaxi verkürzte die Leine und stemmte sich mit den Absätzen ihrer hellen Schuhe, die zu dünn waren für das Wetter, gegen die plötzliche Eile ihres Hundes. Da, wieder einer! Sie zeigte auf einen Mann, der über das Brückengeländer geklettert war, sich daran festhielt und immer wieder seinen Hintern an durchgestreckten Armen und Beinen über der Flut ausfuhr. Zwischen seinen Schenkeln hindurch schaute er auf die Themse, die bleigrau wie der Himmel und schlammbraun wie ihre Ufer war. Er schaute dorthin, wo die letzte große Lücke begann. Ob ihm klar war, dass das Leben nicht auf der Brücke stehen blieb, wenn er sprang? Ob er nicht wusste, dass das Gefühl, gerade einen großen Fehler gemacht zu haben, sich bereits im Fallen einstellen würde? Plötzlich blickte er auf. Sein Gesicht war geschwollen, aufgequollen wie bei Boxern nach einem Kampf oder wie bei Kindern nach dem Weinen. Er trug ein Kapuzenshirt und die Haare so kurz, als hätte er keine.

Er musste um die vierzig sein, und älter wollte er offenbar

nicht werden. Zwischen seinen Händen hing eine Jacke über dem Geländer. Über ihm trieben die Wolken. Wasser und Wolken wollten Richtung Southend, Richtung Meer. Er offenbar auch. Zaxi zerrte am Hund. Wenn der springt, kann man den in zehn Minuten eine Meile flussabwärts wieder rausfischen, aber als Toten, Liebes. So schnell geht das bei der Strömung und den Strudeln, die man von hier oben nicht sieht.

Zaxi griff nach dem Halsband des Hundes, wohl aus Angst, er würde gleich hinterherspringen.

Wenige Schritte hinter ihnen war eine ganze Schulklasse ins Stocken geraten. Weitergehen, sagte die Lehrerin, weitergehen, Kinder, unser Theaterstück fängt gleich an!

Vorsichtig ging Bea auf den Mann zu. Niemand hatte sich ihm bisher genähert.

Hau ab, fuhr er sie an.

Guck mal, die kleine Chinesin da, sagte eines der Schulkinder in ihrem Rücken.

Bea streckte den Arm aus und legte eine Hand auf die Jacke, die zwischen den Händen des Mannes hing. Konnte man jemanden retten, ohne ihm zu nah zu treten?

Langsam zog sie die Jacke vom Geländer und fragte: Ihre?

Ein Kopfrucken.

Darf ich?

Was jetzt?!

Wie heißen Sie?

Patrick.

Seine Stimme klang kratzig und unfertig, wie bei einem Jungen im Stimmbruch. Er zog sich mit den Armen ans Geländer zurück und richtete sich auf. Er war groß. Sie griff in eine der Jackentaschen.

Darf ich?

Vielleicht sprang er nicht, solange sie ihn etwas fragte. Niemand sprang, solange er ein Gefragter war?

Okay, sagte er, okay, aber schaute an ihr vorbei. Sie folgte seinem Blick, sah die Schulklasse Richtung Riesenrad und Zaxi mit Hund zurück zur U-Bahn flüchten. Der Köter lief schräg und schaute sich immer wieder nach ihnen um.

Einmal, kurz nach der Hochzeit, war Bea mit Sven in einem Urlaubsort an der ligurischen Küste gewesen und einem ebenso großen Hund begegnet, der aber sicher Italiener gewesen war. Sven und sie waren hinter dem Tier hergelaufen, nachdem es sich wiederholt nach ihnen umgedreht hatte. Sein Blick war ihnen wie eine stumme Bitte oder Botschaft vorgekommen. Der Hund hatte sie aus dem vertrauten Labyrinth schattiger, vor sich hin dämmernder Altstadtgässchen geführt, bergan, bis zu einer Neubausiedlung in gleißendem Mittagslicht, wo es nach feuchtem Beton und frischem Brot gerochen hatte. An der letzten Baustelle hatte sich der Hund noch einmal nachdrücklich umgedreht. So wenigstens war es ihnen vorgekommen. Er hatte sie über die Zunge hinweg angegrinst und über einen fußbreiten Pfad zwischen Wiese und Müll ins Unbekannte geführt. Wiederholt war er stehen geblieben, um an Wiesenblumen zu schnuppern, als interessiere er sich für deren strubbelige Schönheit oder als wolle er sie auffordern, es ihm gleichzutun. Sie beide aber hatten den immer gleichen, im Notfall jedoch sicher sinnlosen Abstand gehalten. Ich hab Angst, hatte sie gesagt. Du?, hatte er leise zurückgefragt. Ausgerechnet du, mein Mädchen, das mal zu mir gesagt hat: Komm her, ich will dich küssen, ich mach aus dir einen Mann oder eine Maus. An einer Lichtung, umgeben von hohem Gestrüpp und ohne eine Baumlinie in Sicht, war der Hund stehen geblieben, hatte an keiner Blume mehr, sondern am Boden an einem Mal aus verbrannter Erde geschnuppert. Kommt auch schnuppern, hatte herausfordernd der Befehl im Weiß seiner Augenwinkel gestanden. Dann hatte er wie toll zu scharren begonnen. Lass uns gehen, ich glaube, der gräbt hier eine Leiche aus, hatte Sven, der Polizist, gesagt und nach ihrer feuchten Hand gegriffen. Seine war trocken und warm gewesen.

Jetzt war die Liebe verbraucht, verweht.

Bea zog drei Fotos aus einer der Seitentaschen von Patricks Jacke. Eins steckte noch im Holzrahmen und hatte wahrscheinlich eben noch den Kaminsims eines kleinen, behaglichen, aber zugigen Häuschens am Rand von London geschmückt. Ein Mann und eine Frau standen vor einer exotischen Südseelandschaft, die wie eine Fototapete aussah. Sie hatten offenbar beschlossen, für immer zusammenzubleiben. Zwei Palmen in ihren Rücken waren Zeugen. Das Lächeln des Mannes war breit, das Haar verwegen länger als das von Patrick jetzt, aber es war Patrick. Die Frau sah asiatisch aus. Auf dem nächsten Foto war Patrick allein, ernster und offensichtlich beim Friseur gewesen. Sein Lächeln spannte sich um den Mund, aber stieg nicht hoch bis zu den Augen. Trotzdem sah er noch immer aus wie einer, der andere gern an seiner Lebensgeschichte teilhaben lässt und dafür gemocht werden will. Auf dem dritten Foto, dem gerahmten, standen drei Asiatinnen vor ihm. Die Frau reichte ihm bis zum Kinn und die beiden Mädchen gingen der Frau bis zur Brust.

My little China girl, sagte Patrick, du kennst den Song?

David Bowie, ja.

Er schob den linken Ärmel seines Kapuzensweaters hoch, löste dafür die Rechte vom Geländer und fuhr wieder, an einer Hand nur hängend, den Hintern über dem Fluss aus. Er hatte kräftige, behaarte Unterarme, mit denen man Lastwagen fahren, Putz an Hauswände werfen, Klaviere tragen oder bei der Kirmes arbeiten konnte. Vielleicht war er auch Soldat.

Patrick verzog den Mund. Mit der freien Hand streichelte er die Luft auf Höhe seiner Hüfte, als ließe sich so die Temperatur des Wassers weit unter ihm prüfen. Zum Springen zu kalt, oder?, sagte Bea leise. Sie nahm das gerahmte Foto mit der ganzen Familie darauf und wedelte damit vor seinem Gesicht herum, als sei es ein Geldschein. Ich habe auch Kinder, sagte sie, aber meine sind nicht so hübsch wie Ihre beiden Mädchen.

Ihr letzter Satz ordnete das vorhandene Material in seinem Kopf noch einmal neu, spürte sie. Er zog sich mit beiden Händen zurück und nah ans Geländer heran. Dabei hatte sie gelogen. Im Kinderzimmer, kaum größer als eine Fischdose, wohnten noch immer der alte Röhrenfernseher, ein Drucker und ein Ledersofa aus ihrer Studentenzeit. Trotz medizinischer Hilfe war sie bislang nicht schwanger geworden.

Eine einzelne Seemöwe strich dicht über sie hinweg und schrie. Warum war es eigentlich so wichtig, dass ein Leben weiterging? Sie sah Patrick an.

Ich habe noch Pläne, sagte sie und ging noch näher an ihn heran. Sie nicht? Sie schob die Fotos zurück in die Seitentasche und hängte die Jacke zurück über das Geländer. Er öffnete den Mund. Sie roch seinen Atem, süß nach Zahnpasta und sauer nach Tee.

Ich werde im November mit den Kindern auf eine Nordseeinsel umziehen, sagte sie, und werde neu anfangen. Im Winter treiben Schollen aus Eis auf dem Meer wie graue Hauben, ich weiß das, ich war im Februar dort, auf Hochzeitsreise. Sie sehen aus wie größere und kleinere Gepäckstücke, die alle in eine Richtung wollen, aber kein Mensch hat sie aufgegeben.

Traurig, sagte Patrick, richtig traurig.

Als Grafikerin werde ich dort arbeiten, in einem mittelständischen Unternehmen, das Sprudel und Whisky vertreibt, sagte sie. Es wird ein ruhigeres Leben sein, aber auch eins ohne große Pausen.

Patrick nickte. Er hörte zu, sie durfte nur nicht aufhören zu erzählen. Solange er zuhörte, sprang er nicht. Wie bei Scheherazade ging es um ein Menschenleben. Oder um zwei?

Meine Vorschläge als Grafikerin dort, erzählte sie ihr Märchen weiter, werden unwiderstehlich und einmalig sein, nachdem ich so lange nichts Richtiges zu arbeiten hatte, wegen der Kinder. Jeden Morgen werde ich joggen gehen, am Deich, um mein altes Gewicht wiederzubekommen, und mir am ersten Tag gleich eine große gelbe Tasse zulegen, aus der ich vor der Arbeit Tee und Kaffee und nach der Arbeit was anderes trinke. Whisky vielleicht. Ich werde noch weitere Tassen brauchen, ein wenig Geschirr, aber viel mehr nicht. Sie zögerte. Dann sagte sie: Doch, ich brauche noch ein Klavier. Ein Klavier ist auch ein guter Freund.

Sie schluckte. Vor dem Spiegel hatte sie vor ein paar Tagen ein kleines, schwarzes, ärmelloses Kleid für London ausprobiert. Beim Abschiedskonzert für ihren Klavierlehrer, der im Sommer nach Dresden umgezogen war, hatte es noch gepasst. Wie angegossen, hatten ein paar Zuschauer gesagt. Wie bei Marilyn Monroe, hatte Joseph gesagt und war flüchtig mit seinem Handrücken über ihren bloßen Arm gefahren, bevor er ihr einen Kollegen aus der Musikschule als möglichen Nachfolger vorgestellt hatte.

Jetzt siehst du aber gerade gar nicht gut aus, sagte Patrick, sah an ihr vorbei und fügte hinzu: Du brauchst einen Mann.

Ich werde auf Sommerfesten der freiwilligen Inselfeuerwehr genug Männer kennenlernen, sagte sie, den einen oder anderen auch mit Bratwurst in der Hand.

Sicher? Patrick grinste, sah noch immer an ihr vorbei und zeigte mit der freien Hand auf irgendetwas in ihrem Rücken. Ach Gottchen, Lottchen und Lottchen!, rief er. Beide seht ihr richtig scheiße aus in euren Mänteln. Gab es die Dinger im Zweierpack etwa billiger?

Leiser Regen hatte erneut eingesetzt. Schräge, silberfarbene Schnüre spannten Himmel und Brücke zusammen. Eine kleine Asiatin, vielleicht Chinesin, war neben Bea getreten. Sie musste bereits eine Zeit lang hinter ihr gestanden haben, mit ihrem Schiwagomantel in Rot, der bestimmt zwei Nummern kleiner war als Beas. Langsam, als nähme er in der Bewegung seine verbleibende Zeit unter die Lupe, löste Patrick wieder eine Hand vom Brückengeländer. Es war nur ein Reflex, dass Bea danach griff.

Pfoten weg, du Luder.

Lotte, nicht Luder. Für dich immer noch Lotte, sagte sie.

Die kleine Chinesin trat neben sie. Sie nickte und sagte:

Manchmal bin ich auch so traurig, dass ich von einer Brücke springen möchte.

Sie war noch keine dreißig, ein Küken mit schwarzen Augen. Dicke Schnittlauchhaare schauten unter einer roten Mütze hervor.

Ich fühle mich einfach fremd hier.

In diesem Land?, fragte Patrick und legte die zweite Hand zurück auf das Geländer. Er lächelte, die kleine Chinesin auch, als wären sie miteinander verabredet und hätten sich endlich getroffen.

Nein, sagte sie, London gefällt mir. Es liegt mehr an der Welt an sich.

Patrick fing leise an zu lachen: Ihr seid so komisch, ihr zwei Lottchens!

Er lachte so zärtlich, so, als ergänzten sich die beiden so unterschiedlichen Frauen in ihren lächerlich ähnlichen Mänteln für ihn zu etwas Einzigartigem und Liebenswertem. Warum trug ihn diese Stimmung nicht auf die andere Seite des Geländers zurück? Was versetzte einen in Bewegung? Bea steckte die Hände in die Manteltaschen und zählte dort an den Fingern ab: Man wurde gejagt, man suchte etwas. Man lief davon. Man war ruhelos. Man war verrückt. Man war eifersüchtig. Manchmal hatte man auch ein Ziel. Die Hände noch immer in den Taschen, fing sie an, sich zu drehen. Der Mantel, glockig von der Taille abwärts, breitete sich aus. Der Saum schwang schwer in kleinen Wellen, und als der Schwindel kam, spürte sie den gleichen Stich wie gestern im Film, als diese große, durchsichtige Frau für das bleiche Gesicht eines Mannes in den Umdrehungen einer Vinylplatte verschwunden war. Sie zog die Hände aus den Taschen, um die Arme auf der Luft auszubreiten, und stieß dabei gegen die kleine Chinesin. Von irgendwoher kam ein Dauerton, ein dumpfes Geräusch, das versuchte, keins zu sein. Ich bin einmal ziemlich hübsch gewesen, dachte sie, wieso kann man von hier aus den Horizont nicht sehen? Liegt er hinter der Stadt? Ist er ein Strich oder flimmert er? Wieder stieß sie gegen eine Schulter.

Pfoten weg, schrie Patrick. Aber es war nicht seine, sondern die Schulter eines anderen Mannes gewesen. Bea hielt inne, versuchte den Blick zu fokussieren und das Gleichgewicht zu halten, während es im Kopf weiter kreiselte. Entlang des Brückengeländers waren rechts und links aus dem Nieselregen zwei Gestalten aufgetaucht. War sie gegen eine von denen gestoßen? Sie schaute zum Wasser. Polizeiboote hatten direkt unter Patrick Position bezogen. Die Motoren mussten die Ursache jenes gedrosselten Dauertons soeben gewesen sein. Jetzt machte er die feuchte Luft noch feuchter.

Pfoten weg, du Stück Scheiße, schrie Patrick wieder.

Pat, sagte der Mann, der ihm am nächsten stand, du springst ja doch nicht. Ich weiß es. Du bist letzte Woche auch nicht gesprungen.

Er griff nach Patricks Handgelenk. Eine Weile standen sie so, bis Patrick mürrisch, aber sportlich über das Geländer kletterte und sich sanft den Arm auf den Rücken drehen ließ. Meine Jacke, sagte er tonlos. Die kleine Chinesin zog die Jacke vom Geländer, legte sie ihm über die Schulter und deckte so ein Kind zu.

Meine kleine Ping-Ming-Schönheit. Patrick küsste sie auf die Nase.

Dann ließ er sich abführen.

Die kleine Chinesin entfernte sich entgegengesetzt, Richtung Riesenrad, Richtung Südufer und Southwark. Eine schmale Gestalt, Studentin vielleicht, geschickt von Eltern, die viel Geld hatten. Sie lief so langsam, als gäbe es trotz des Regens kein Frieren. Zum Abschied hatte sie Bea die Hand auf die Schulter gelegt.

Und wie viel hast du für deinen Mantel bezahlt?, hatte sie gefragt.

◆ AUF DEM WEG ZUM GLÜCK

Aalst hieß das Stück. Die Wirklichkeit hatte es geschrieben. Ein Paar hatte in Belgien seine zwei Kinder getötet. Die Frau drückte ihrer Tochter ein Kopfkissen auf das Gesicht, legte sich drauf und blieb eine Viertelstunde lang so liegen. Dem Sohn stießen die Eltern eine Schere in den Rücken, als er nicht schnell genug sterben wollte. Das Mädchen war drei Monate alt geworden, der Junge wurde in der Nacht vor seinem achten Geburtstag ermordet. Beide Kinder starben in einem Hotelzimmer im belgischen Aalst.

Was für ein Verhältnis hatte Ihr Vater zu Ihnen, Frau N.?

Josephs Partnerin schwieg.

Für die Rolle des Mörderpaares N. hatte die Kunsthochschule ihn und eine Frau von vielleicht vierzig Jahren als Sprecher ausgesucht. Die Texte hatten sie zuvor nicht gekannt. Sie lasen von Monitoren ab. Auch das Schweigen. Zwischen Kinoleinwand und Bühnenkante saßen sie mit dem Rücken zum Publikum. Zwei Kameras filmten ihre Gesichter. Die Fragen des Richters kamen über Lautsprecher aus dem Off.

Sie mussten bestimmt Dinge sexueller Art mit Ihrem Vater machen, Frau N.?

Ja.

Und Sie haben nie mit jemandem darüber gesprochen?

Nein.

Seine Partnerin hatte zu Beginn der Performance eine Lesebrille aufgesetzt, Joseph nicht. Die Sätze zum Ablesen wurden in knappen Portionen und immer einen Herzschlag zu kurz eingespielt, während die Kameras jede Gesichtsregung groß über ihre Köpfe projizierten. Beide sagten sie lauter Grausamkeiten, unvorbereitet, laut, öffentlich und ohne Zeit für Bedenken. Die Gefühle aber nahmen sich ihren Raum. Beide überschritten sie mehr als einmal eine Schamgrenze. Knapp siebzig Zuschauer waren Zeugen.

Was haben Sie gelernt, Frau N.?

… Textilbranche … dann Friseuse.

Joseph hatte sich in dem Moment gezwungen, nicht zu seiner Partnerin hinüberzuschauen.

Zur Zeit der Tat waren Sie nicht verheiratet, Frau N.?

Nein, waren wir nicht.

Nach der Tat haben Sie Ihren Mann als Bestie beschrieben.

Ja, er hat mich missbraucht, hat mich wie Dreck behandelt.

Er hat Sie mit Schnürsenkeln festgebunden und von hinten vergewaltigt. Er soll gesagt haben: Das kennst du doch, du warst doch mal mit einem Homo zusammen. Und dann, an seinem Geburtstag, schrieben Sie an Ihren Vater und Ihre Stiefmutter. Was genau schrieben Sie, Frau N.?

… Ich schrieb: … Heute hat das Dreckschwein Geburtstag. Mit diesem Tag fing mein Elend an.

Das haben Sie geschrieben, und dann, zwei Jahre später, haben Sie ihn geheiratet. Erklären Sie uns das bitte?

… Weil ich ihn liebe.

Weil Sie ihn lieben?

… Wir lieben uns gegenseitig.

Vor der Veranstaltung hatte Joseph seine Partnerin nur flüchtig angeschaut. Nicht sein Typ. Sie sah einer Frau ähnlich, der er einmal Klavierunterricht gegeben hatte. *Die Frau des Polizisten* hatte er jene Schülerin genannt. Klang wie ein Filmtitel. Wie lange war das her? Lange.

Nach der Veranstaltung sprach er sie an. Ein Kabuff für Putzzeug diente ihnen als Garderobe. Jetzt, im sanften Seitenlicht des Schminkspiegels, sah sie einem Mädchen von früher ähnlich. Aglaia? Oder lag es daran, dass sie das Gesicht irgendeiner Frau von der Straße hatte? Trotzdem war sie schön – oder sie tat wenigstens so.

Er half ihr in die Jacke und fragte, ob sie so ein Theaterexperiment noch einmal machen würde, und sie sagte: Das war kein Theater.

Was dann?

Eine Sauerei, sagte sie, aber das Honorar fand ich ganz okay. Ich war mal Schauspielerin.

Dann fing sie an zu schimpfen, sagte, sie seien als Versuchskaninchen missbraucht worden, nur um für ein paar überflüssige Hochschulaufsätze mehr herauszufinden, wie weit die menschliche Fähigkeit reiche, sich in das Böse einzufühlen. Eigentlich habe man doch nur beobachten wollen, ob und wie rasch aus einem verschreckten Versuchskaninchen ein nicht minder verschreckter Kannibale herausschaue, was den akademischen Voyeuren sicher ein besonderes Vergnügen bereitet habe.

Die haben ja sonst nichts vom Leben, sagte sie.

Joseph nahm sich einen Haferkeks vom Buffet, das die Veranstalter für Darsteller und Crew aufgebaut hatten. Das Kino gehörte seinem Freund. Mit dem Experiment wollte Devid nichts zu tun haben. Er hatte nur seinen Saal vermietet. Warum machst du bei so etwas mit, Joseph?, hatte er gefragt. Manchmal verstehe ich dich einfach nicht.

Ich heiße übrigens Katharina, sagte sie, ich geh dann mal.

Er hielt ihr die Tür auf. Sie berührte kurz seinen Unterarm.

Sagen Sie, sind Sie denn gar nicht sauer?

Ich bin eigentlich nur als typischer Kinogänger eingeladen worden, sagte Joseph. Von Schauspielerei verstehe ich eh nichts.

Sie knöpfte ihre Jacke von unten nach oben zu, streifte ihn im Hinausgehen und fragte: Wovon verstehen Sie denn etwas?

Bei dem Satz warf sie einen Blick in den Schminkspiegel, den jemand ungeschickt an ihnen vorbeizutragen versuchte. Ihr kleiner Kopf saß auf einem erstaunlich langen Hals. Vielleicht deswegen sagte er: Ich fahre Sie gern nach Hause.

Warum?

Es regnet.

Der Regen zog schnelle Schneckenbahnen auf seiner Windschutzscheibe, als sie ins Auto stiegen. Er schaltete die Wischer ein. Sie jammerten vor sich hin. Unter dem Vordach des Kinos standen die zwei gelben Plastikstühle, die Devid gestern Nacht dorthin gestellt hatte, und wurden trotzdem nass.

Es gibt einfach unfassbare Familienverhältnisse, sagte sie, während er noch zögerte loszufahren. Familien können das Schlimmste sein, was einem im Leben passiert.

Er nickte und merkte, er konnte kaum damit aufhören, wie ein Wackeldackel auf der Hutablage von Kleinwagen.

Bei ihr, sagte sie, sei das alles auch nicht schön gewesen, aber erträglich. Sie hoffe aber immer noch, dass ihre Mutter und Schwester in Wahrheit nicht mit ihr verwandt seien, und warte darauf, dass ihr jemand einen Zettel gebe, auf dem ihr richtiger Name und ein anderes Geburtsdatum stünden.

Ein späteres, oder?, sagte Joseph. Das Nicken hatte aufgehört. Er lächelte.

Genau, sagte sie, Sie sind schlau. Aber wissen Sie auch, was auf der Rückseite des Zettels steht?

Jetzt bin ich aber mal gespannt.

Da stehen die Namen eines Mannes und einer Frau, die ich nie gekannt habe, aber die meine richtigen Eltern sind. Sie heißen Sedef und Miroslav oder Lajos und Shirana.

Muss es so exotisch sein?

Auf jeden Fall fremd muss es sein, sagte Katharina, und ganz, ganz anders.

Er schaute wieder zu den zwei gelben Plastikstühlen vor dem Kinoeingang und stellte sich vor, diese Frau neben ihm würde vielleicht morgen schon dort drüben sitzen, auf ihn warten und einsam dabei aussehen. Frauen sahen immer einsam aus, sobald sie etwas mit ihm zu tun hatten. Als er den Kopf weiterdrehte, bemerkte er seinen Freund Devid. Er lehnte unter dem Vordach des Kinos an einem Schaukasten und sah dem Mann zu, der eine Wolldecke über den Schminkspiegel warf, bevor er anfing, ihn in einem Kombi zu verstauen.

Belgien, fragte Joseph, waren Sie schon mal dort?

Sie meinen, wegen Aalst?

In Belgien, sagte er, bin ich als Junge zum ersten Mal Kettenkarussell gefahren. Mit meinem Vater. Ein Klavierlehrer, wie ich. Ich flog auf dem Sitz innen, er außen. Er hat mich die ganze Zeit mit seiner Linken dicht bei sich festgehalten. Er hält mich, wenn ich fliege, er hält mich, wenn ich falle, dachte ich damals und war glücklich. Und wissen Sie, was ich noch dachte?

Der Mann beim Kombi schob den Spiegel auf die Ladefläche und wischte sich Regen oder Schweiß von der Stirn, bevor er die Heckklappe zuschlug.

Joseph sagte: Ich dachte damals, dass man durch Belgien muss auf dem Weg zum Glück. Er sah die Frau neben sich an. Kennen wir uns nicht von irgendwoher?, hätte er gern gefragt, aber nicht, um sie anzumachen, sondern aus einem plötzlichen Erkennen heraus. Es gab Menschen, die eine äußere und eine innere Wirklichkeit teilten. Sie verständigten sich gut miteinander, wenn die äußere übereinstimmte. Sie fingen an sich zu lieben, wenn die innere übereinstimmte. Stimmte aber die innere Wirklichkeit des einen mit der äußeren des anderen überein, so hatten die beiden ein Geheimnis, das selbst ihnen geheim blieb. Sie gehörten zueinander, ohne je einander anzugehören, und sie blieben auch auf große Entfernungen ineinander verwickelt.

Drüben beim Schaukasten des Kinos hob Devid die Hand. Joseph grüßte zurück und sagte zu der Frau neben sich: Das ist Devid, mein Kinderfreund.

Sie zeigte auf die Frontscheibe seines Wagens.

Sie müssen mal die Blätter der Scheibenwischer auswechseln, das kann man an jeder Tankstelle.

Devid und Joseph waren Abiturjahrgang 1993. Joseph hatte den Abschluss mit 1,0 und Devid seinen mit 2,7 gemacht. In den entscheidenden Fächern hatte er von Josephs Spickzetteln, deponiert auf dem Klo, abgeschrieben. In dem Jahr hatte es einen Sprengstoffanschlag auf das World Trade Center gegeben und Neonazis verübten einen Brandanschlag in Solingen, bei dem fünf türkische Frauen starben. Die deutsche Band *Die Ärzte* gab ihre Wiedervereinigung bekannt, und Devids Eltern setzten im Familienkino eine Retrospektive mit alten Filmen von Audrey Hepburn an, gleich nachdem ihr Tod bekannt geworden war.

River Phoenix, wie wäre es mit einer Retrospektive auch von ihm?, hatte Devid seinen Vater gefragt. Der ist doch auch in diesem Jahr gestorben.

Du bist doch nicht etwa schwul, Sohn?

River Phoenix war kein Mensch, war eher Musik und kalter Rauch, fand Devid. Joseph fand das auch. Devid sagte: Sollte ich jemals als Regisseur die Verfilmung von *Der Fänger im Roggen* machen, dann werde ich meinem Hauptdarsteller sagen: Spiel wie River Phoenix. Sei verschlafen, rebellisch, verloren.

Ja, hatte Joseph gesagt, du solltest wirklich Filme machen.

Laut Pass hieß Devid David. In einem Sommerurlaub auf Rügen hatte er einen etwas älteren Jungen kennengelernt, der Devid hieß und auch zum Film wollte. David hatte sich in Devid umbenannt. Der kleine und der große Devid. Der Große war wirklich ein bekannter Schauspieler geworden. Der Kleine hatte das Kino seiner Eltern in Pirna geerbt und zeigte ab und an Filme, in denen der große Devid ziemlich gut seine Hauptrollen spielte.

Da, wo Josephs Auto gestanden hatte, war ein hellerer Fleck auf dem Asphalt zurückgeblieben. Devid zog mit dem Fuß einen der gelben Plastikstühle im Foyeraufgang zu sich heran und wischte ihn trocken. Er war in dem Haus geboren, im ersten Stock über dem Kinosaal. Die Schüsse der glorreichen Sieben hatten nachts sein Bett erschüttert. Lange bevor das Programm wieder wechselte, hatte er Filmmusiken mitjaulen und ganze Dialoge auswendig hersagen können. Jetzt waren seine Eltern tot, und das Kino gehörte ihm. Eine nutzlose Immobilie, fand jeder Nachbar hier, aber nicht er, Devid. Leben mit Kino war besser als Leben ohne Kino. Kinobilder warfen Blitzlichter auf seine eigene Existenz, machten ihm nichts begreifbarer, aber etwas sichtbar. Gemeinsam mit dem Filmclub der katholischen Gemeinde, die Vorführungen ansetzen durfte, ohne Geld an den Verleiher zu zahlen, machte er freitags und samstags Programm. Die Karten riss er selber ab, manchmal auch der Herr Pfarrer. Den sichersten Unterschlupf, wenn man unbemerkt von sich selber bleiben will, findet man in der Stadt, aus der man kommt, hatte der neulich gesagt, ohne dass Devid jemals bei ihm gebeichtet hatte. Danach hatten sie über den Kauf einer gebrauchten Popcornmaschine philosophiert.

Devid setzte sich, legte ein Bein auf den anderen, noch nassen gelben Plastikstuhl und aß eine Handvoll übrig gebliebener Haferkekse vom Buffet. Was für ein Spuk! Gut, dass dieses Theaterexperiment vorüber war. Er hatte den Saal verlassen, als Joseph die Gebrauchsanweisung zum Töten von Kindern abgelesen hatte. Die Frau auf der Bühne neben ihm hatte ihre Sache besser gemacht. Sie hatte leise und kühl gesprochen, mit Zäsuren, in denen das Gefühl erst den Atem angehalten und dann seinen Platz gefunden hatte, ohne sich zeigen zu müssen. Ob die Schauspielerin war oder Logopädin?

Und Joseph, warum war der eigentlich Klavierlehrer geworden, ohne zuvor Pianist sein zu wollen?

Am ersten Tag nach den Weihnachtsferien hatte der Lehrer Joseph, den Neuen, neben Devid gesetzt. Letzte Bank, Fensterreihe. Er war mit der Mutter aus Berlin / West nach Pirna gezogen. Joseph hatte bereits damals ungewöhnlich gut Klavier gespielt. Devid war eigentlich nur hübsch gewesen, auf seine müde Art. Aber er schrieb Aufsätze, die dem Deutschlehrer unheimlich waren, vor allem, wenn er an das Alter seines Schülers dachte. Vierzehn! Bevor er anfing zu schreiben, setzte Devid eine Wollmütze auf. Er sagte, er wolle Filmemacher oder Fallschirmspringer werden.

Aber du trägst doch eine Brille?

Warte ab!

Der Februar kam, Regen fiel auf den Schnee. Devid und Joseph waren Freunde geworden. Nachbarn aber beäugten die Zugezogenen misstrauisch. Joseph und seine Mutter hatten in ihrer Wohnung im Parterre, nah der Elbe, keine Gardinen an den Fenstern, obwohl sie etwas zu verbergen haben sollten. Es gab keinen Vater, aber Gerüchte. Die Abneigung, die die anderen am Ort Joseph und seiner Mutter entgegenbrachten, prallte an Devid ab und schlug um in Zuneigung. Anfang der zwölften Klasse fing er an, Joseph zu fotografieren. Auch nackt. Keine guten Bilder, hatte er bald gemerkt. Ein gutes Foto war immer absichtslos.

Nach dem Schulabschluss waren beide aus der Stadt fortgegangen. Devid wollte, trotz Brille, Fotograf werden. Joseph zog zum Musikstudium zurück nach Berlin. Devid ging nach Dortmund, um eine Fachhochschule für Fotografie zu besuchen. Das Gebäude lag auf einem alten Zechengelände und hatte den Charme einer Autowerkstatt. Das hatte ihm gefallen. Am ersten Morgen traf er auf dem Flur den Gründer der Schule, seinen zukünftigen Dozenten, im Schlafanzug an, auf der Suche nach einer Katze. Das hatte ihm noch besser gefallen. Die Bildsprache, die Devid lernte, war dokumentarisch, sachlich, zuweilen poetisch. Er fotografierte lange Zeit in Farbe und entwickelte schwarz-weiß. Damit man das ganze Spektrum ahnte, nicht sah. Das ganze Spektrum des Verlusts, erklärte er seinen Lehrern. In seiner Zeit auf der Fotoschule hatte er einmal geträumt, er versuche Joseph zu küssen. Ein Zahn war ihm bei dem Versuch abgebrochen. Es war ein Milchzahn gewesen.

Nach zwanzig Jahren war Devid in die Stadt zurückgekehrt. Wegen des Todes seiner Eltern. Wegen des Kinos. Und überhaupt. Joseph war eines Tages zufällig mit dem Motorrad am Kino vorbeigefahren, auf seinem Weg von Dresden die Elbe aufwärts nach Tschechien. Er hatte Devid im Foyereingang sitzen sehen, war von seiner ziemlich alten Maschine abgestiegen und hatte sehr langsam den Helm abgenommen, bevor sie sich umarmten. Josephs Haar war lang und zu einem Zopf zusammengebunden. Devids dagegen war schütter, als Joseph ihm die Wollmütze vom Kopf zog.

Was für ein Untersatz!

Eine Enduro, Devid, eigentlich was ganz Solides und Sicheres. Das hier ist meine zweite. Mit der davor gab es im Sommer einen Unfall. Totalschaden. Ist ein erster Ausflug, seit Längerem.

War es schlimm?

Josephs Lachen sah aus, als hätte er keine Zähne mehr.

Schlimm, du bist komisch.

Ich gebe mir Mühe, sagte Devid.

Untergehakt gingen sie hinauf in die Wohnung von Devids Eltern. Joseph zog seine Lederjacke aus und warf sie über einen Schreibtischstuhl, der zusammen mit einem Holztisch in einem sonst leeren Zimmer stand.

Was für eine Wohnung, Devid, früher war das alles hier ganz anders.

Stimmt, früher war alles ganz anders, aber früher war auch nicht alles wie früher.

Wie viele Quadratmeter?

Hundertsiebenundachtzig.

Wo sind die Möbel hin?

Hat die Caritas abgeholt.

Das gelbe Sofa auch?

Auch das.

Und das Klavier?

Steht unten im Saal.

Zeigst du auch Stummfilme mit Musikbegleitung?

Hast du Lust?

Worauf?

Auf so eine Begleitung.

Und, hast du Kinder? Katharina spielte mit dem Anzünder im Armaturenbrett von Josephs Wagen.

Kinder, sagte er langsam, nein.

Keine Lust?

Keine guten Gene.

Wieso? Du siehst doch gut aus. Bist du krank?

Nicht wirklich.

Was bist du dann?

Klavierlehrer.

Katharina lachte. Gleich würde sie noch mehr von ihm wollen als nur zum Lachen gebracht werden. Meistens schaffte er es, in solchen Situationen einfach abzuwarten. Das Verlangen entstand aus dem Nichts. Das Einfachste war, ihm keine Beachtung zu schenken. So unberechenbar, wie es gekommen war, würde es auch wieder verschwinden. Manchmal beschleunigte er das Verschwinden einfach. Er stellte sich vor, die Frau, deren Atem seinen Hals bereits zu streifen drohte, würde sich unter seinen Berührungen verwandeln in ein ganz anderes, zerbrechlicheres Wesen mit dichtem Mäusefell und harten, ängstlichen Augen. Er stellte sich vor, sie könnte unter seinen Berührungen zu einer Fledermaus werden, an der er zwar Oberarme, Speiche und Handwurzeln ganz wie bei sich selbst noch erkannte, aber deren Geschlechtsorgane und ledrigen Zitzen anstelle von hellen Brüsten ihn abstießen.

Während Katharina noch erzählte, dass sie gerade eine Ausbildung zur Heilpraktikerin mache, kamen sie bei dem Haus an, in dem sie wohnte.

Ist schwieriger als Medizin, dieses Studium, sagte sie und schlug die Beine auf dem Beifahrersitz so übereinander, dass es aussah, als wolle sie länger sitzen bleiben. Siebzig Prozent aller Prüflinge fallen beim ersten Mal durch, sagte sie, sie wisse nicht, ob sie das schaffe, aber sie wolle eben noch einmal im Leben ganz von vorn beginnen. Er sagte, ja, das sei so ein Problem mit diesem Immer-von-vorne-Beginnen. Bei seinen Schülern bekomme er die Regel nur selten in die Köpfe hinein, dass es einfach schlecht sei, bei Fehlern jedes Mal von vorn zu beginnen, dass es aber genauso falsch sei, nur den Fehler zu korrigieren.

Aber wo fängt man an?

Bei den Übergängen, sagte er.

Sie klatschte in die Hände. Ach, wir sind ja da, rief sie übertrieben fröhlich, als bemerke sie das erst jetzt.

Devid stand von seinem gelben Plastikstuhl auf, machte zwei Schritte und hielt eine Hand hinaus in die Nachtluft. Joseph hatte bei Regen die Veranstaltung mit dieser Frau verlassen. Jetzt regnete es nicht mehr. Joseph verstand nichts von Frauen, nichts von Filmen. Er ging einfach nur ins Kino und verstand dort nicht einmal das Wetter. Devid, es regnet ja schon wieder. Sind denn Filme, die bei Sonnenschein spielen, schlechte Filme? Für was soll denn Regen ein Symbol sein, Devid?

Regen ist kein Symbol, keine Botschaft, hatte Devid erklärt. Regen in Tarkowskis Filmen ist Wetter, auch wenn er so aussieht wie die Nachricht von einem Verlust. Aber das liegt an dir, wenn du das so siehst. Wäre in seinem Regen eine Botschaft, Tarkowski würde sie mit der Post schicken.

Warum verstand Joseph das nicht? Er, Devid, verstand das doch auch. Vielleicht wollte Joseph nichts verstehen, um als Folge davon nichts fühlen zu müssen?

Devid ging in sein Kino und holte ein selber gebasteltes Plakat und eine Rolle Tesa. Er riss die Ankündigung zu *Aalst* von der Glastür seines Foyers, um an die Stelle ein Interview mit Tarkowski zu kleben. *Die Träume werden ungeduldig mit mir*, hatte er seine Retrospektive in Absprache mit dem Filmclub der katholischen Gemeinde genannt. Bringt die Sache genau auf den Punkt, hatte der Herr Pfarrer zu ihm gesagt.

Ja, Tarkowski verstand er. Seinen Freund Joseph nicht.

Josephs Vater war auch Klavierlehrer gewesen. Er hatte zwei seiner Schülerinnen umgebracht. Nach der Einlieferung in die Psychiatrie hatte er keine Erlaubnis für einen Familienbesuch an Weihnachten bekommen. An jenem Heiligen Abend 1989 hatte er für die Insassen auf seinem Gang noch einmal Klavier gespielt. Schubert. Danach hatte er sich in seiner Zelle an einem Antennenkabel erhängt. Das waren die Fakten. Die Gerüchte sagten, er sei ein jenseitsgläubiger Mensch gewesen, der nach Kontakt mit Außerirdischen das Rauchen aufgehört, sich zum Islam bekannt und danach seine Klavierschülerinnen umgebracht habe, um sie von ihren sündigen Leibern zu befreien. Als Tatwaffe habe er unter anderem ein Messer, eine Schlinge und drei lange Nägel benutzt, um den Opfern das dritte Auge der göttlichen Erkenntnis zu öffnen und ihre Seelen ins All fliegen zu lassen.

Devid vermutete, dass auf einer lichtlosen Seelenschicht dieses Vaters sich die Intensität seiner Überzeugung und die seiner Verzweiflung zu lange die Waage hatten halten müssen. Doch darüber redete er mit niemandem, vor allem mit Joseph nicht. Einmal nur hatte er seinen Freund wegen dieses Vaters weinen sehen. Sie waren regelmäßig nach dem Fußball zum Thai-Imbiss in der Nähe des Sportplatzes gegangen. Eines Abends hatte Joseph dort seine Stäbchen in der Faust zerbrochen. Sie waren in den Reis gefallen.

Wenn ich eine Waffe hätte, einen Revolver, ich würde sie erschießen.

Wen?

Die Angst.

Geht es auch genauer, Joseph? Welche Angst?

Die Angst, ich könnte wie er sein. Er hatte einen IQ von hundertzwanzig und war ein großes musikalisches Talent. Findest du, er war ein Ungeheuer, er war eine Bestie?

Wer?

Mein Vater.

Schweigen.

Sag was, verlangte Joseph.

Ich habe deinen Vater nicht gekannt.

Trotzdem, sag was dazu.

Joseph hatte etwas Besseres verdient als die Wahrheit, hatte Devid gedacht. Nein, hatte er gesagt, er war sicher keine Bestie.

Warum nicht? Ich dachte, du hast ihn nicht gekannt.

Aber ich kenne dich.

Joseph hatte die Stäbchen mit den faserigen Enden in den Reis gestoßen und zu weinen angefangen. Es klang wie zugeschnürt. Über dem himmelblauen, resopalbeschichteten Tisch brannte ein Neonlicht. Die zwei Thais hinter dem Tresen, die eigentlich Vietnamesen waren, rührten in ihren Töpfen und Pfannen, ohne zu ihnen hinüberzusehen. Wahrscheinlich fanden sie, dass Weinen Privatsache sei, wie Sterben. Um Joseph abzulenken, fing Devid an, von seinem neuen Filmprojekt zu erzählen. Er hatte viele, doch noch keins davon hatte er auch nur einen Tag lang zu realisieren versucht bisher. Der ältere der beiden Thai-Vietnamesen hatte neuen Reis gebracht und Zigaretten angeboten. Zu dritt hatten sie danach draußen im Abend gestanden und geraucht.

Katharina öffnete die Beifahrertür. Dabei fiel ihr Blick auf den Rücksitz, auf eine Aktentasche aus grobem Leder mit speckigen Gebrauchsspuren und zwei matt gegriffenen Druckverschlüssen.

Was hockt denn da für eine Scheußlichkeit?

Nur weil sie alt ist, ist sie nicht scheußlich, oder?

Sie beobachtet uns.

Sie ist von meinem Vater, sehen wir uns morgen?

Er mochte ihr Gesicht. Wenn er Glück hatte, würde mit diesem Gesicht für ihn nichts anfangen, sondern etwas aufhören.

Morgen, sagte sie, jaja, wir sollten uns morgen sehen. Es ist schließlich schon spät. Joseph sah auf die Uhr, es ist kurz nach zehn. Schneller, als er denken konnte, nahm er ihren Kopf und hielt ihn. Alles, was sie von ihm dachte, meinte er zwischen seinen Handflächen zu spüren. Die Berührung würde noch Stunden bleiben. Selbst wenn sie längst fort war, würde sie bleiben und ihn ungeschickt machen.

Was machen wir jetzt?, fragte sie.

Fahren wir zu mir, sagte er und ließ den Motor an, ich wohne in Dresden, in Johannstadt.

Als es halb elf schlug, stapelte Devid seine zwei gelben Plastikstühle im Kinoeingang übereinander, um sie vor Regen zu schützen. Im Schaukasten hing ein Foto von Horst Buchholz. Vergangene Woche hatten der Herr Pfarrer und er wieder einmal *Die glorreichen Sieben* gezeigt, jenen Western, der damals in der DDR über Monate im Kino der Eltern gelaufen war. Devid lächelte Horst Buchholz an, und der lächelte zurück. Nicht nur deswegen entdeckte er einmal mehr die gewisse Ähnlichkeit mit Joseph.

Josephs Vater war sicher auch ein ungewöhnlich gut ausse-hender Mann gewesen, höflich, wild, empfindsam, charisma-tisch. Eine seiner Klavierschülerinnen, hatte Devid gehört, hatte ihm für den ersten Mord ein Alibi gegeben und so den zweiten nicht verhindert. Einmal hatte Devid von Josephs Va-ter geträumt. Er hatte seitlich, die Knie am Bauch, auf einer vom Rest der Welt abgebrochenen Scholle gelegen, um so, ausgesetzt auf öligem Wasser, in die dortige Kälte zu starren. Er war zu keinem Fortkommen, keiner Begegnung mehr fä-hig gewesen. Aber ein Hund hatte bei ihm gesessen. Gänzlich schwarz und mehr der Schattenriss von einem Hund. Die Schnauze zum Saum der Jacke vorgeschoben, verharrte das Tier, nein, hatte es sich verklemmt in einer reglosen, grenzen-losen Bezogenheit. Beim Wachwerden hatte Devid bemerkt, dass das Bild eine Sequenz aus Tarkowskis *Stalker* war, und er hatte gewusst, auch er hätte diesem Klavierlehrer damals ein Alibi gegeben.

Am Mittag rief Joseph an. Devid sagte immer wieder inte-ressant, interessant. Nebenbei warf er das Hochschulplakat zusammen mit anderem Müll in einen unverschlossenen Bau-container, wenige Schritte vom Kino entfernt. Es war Freitag.

Glaub mir, es wird gut gehen zu dritt, sagte Joseph, wir ha-ben doch schon immer bei derselben Frau etwas anderes ge-sucht. Denk an Aglaia. Also gibt es keinen Grund zur Eifer-sucht.

Interessant, sagte Devid wieder und leerte auch noch sei-nen privaten Papierkorb in den Container.

Außerdem, wenn du mit dabei bist, habe ich weniger Angst. Stell dich nicht so mädchenhaft an. – Angst wovor, Joseph?

Vor ihr, vor mir, vor allem.

Okay, sagte Devid, dann kommt mal so gegen halb drei vorbei.

Er ging in seinen Kinosaal und räumte zwischen den Reihen auf. Als er sich nach einem zerknüllten Tempotuch bückte, hatte er für einen Moment das Gefühl, er bücke sich über sich selbst. Schon klar, er war in seinem Leben stecken geblieben, doch ohne sich dabei unwohl zu fühlen. Was ein Mensch will, wenn er ins Kino geht, hatte Tarkowski geschrieben, ist Zeit, ist die verlorene, verpasste, noch nicht erreichte Zeit. Jetzt besaß Devid ein altes Kino und viel Zeit. Deshalb wollte er Tarkowski zeigen. Immer wieder nur ihn, auch wenn seine eigene Not nicht die verlorene, verpasste oder noch nicht erreichte Zeit war, sondern jeden Morgen der Tag, der vor ihm lag. In einer zähen Ewigkeit reihte sich dort Unterlassung an Unterlassung, während er einfach neben sich stand und sich beruhigend sagte, dass es gerade heute nicht möglich sei, etwas zu ändern oder rückgängig zu machen.

Doch heute sah es so aus, als sei ein anderer Tag als sonst. Die zwei kamen um drei. Übermütig schlug Devid bei dem Gedanken gegen den samtroten Rücken eines Kinosessels. Zur Antwort klingelte ein Handy einige Sitze entfernt. Jemand musste es gestern hier verloren haben.

Papa stand auf dem Display, als er es endlich fand.

Hallo, ich bin's, sagte eine muntere, alterslose Männerstimme am Ende der Leitung. Kommst du am Wochenende, Sohn? Bringst du Wäsche mit? Ist alles klar bei dir?

Ich hoffe, sagte Devid.

Hallo, wer spricht da, bitte?

Sie sprechen mit mir, sagte Devid, Sie lagen unter einem meiner Kinositze auf dem Boden. Wohin soll ich denn das Handy für Ihren Sohn schicken? Dabei ging er bereits in das Kabuff für Putzzeug neben der Leinwand, das gestern noch Garderobe mit Schminkspiegel und kleinem Buffet gewesen war. Von einem angestrichenen Holzstuhl, unter dem einmal die Arbeitsschuhe seines Vaters gestanden hatten, blätterte blaue Farbe. Er notierte die Anschrift auf einer Serviette.

Tschüs, Papa, sagte er, nachdem er aufgelegt hatte.

Dass Aglaia ein Marmeladenglas, gefüllt mit Erdbeerkonfitüre, bringen würde, damit hatten sie beide nicht gerechnet. Weder Joseph noch er. Doch keiner widersprach der Tochter des Möbelhausbesitzers, in die sie beide verliebt waren. Aglaia war nicht besonders schön, nicht intelligent, aber auf dem Weg, eine richtige Frau zu werden, eine Königin der Frauen, die bereits sechzehn und genau das richtige Medium war. Joseph und Devid waren fünfzehn. Keiner von ihnen beiden wollte, dass sie ihre dicken Augenbrauen missmutig zusammenzog und frühzeitig ging. Über Hexerei hatte Devid sich zuvor einiges angelesen. Normalerweise nahm man ein Weinglas, stellte es mit dem Fuß nach oben und legte Spielmarken aus, beschriftet mit einzelnen Buchstaben. Der Geist würde seine Botschaft niederschreiben, indem er auf die Buchstaben tippte, während das Weinglas sich dazu von selbst bewegte. Aglaia stellte ihr Marmeladenglas mit dem Deckel nach unten auf die Mitte des Tischs. Devid hatte seinen Fotoapparat dabei, um Bilder vom Geist zu machen. Den Raum hatte er mit einer Lampe aus der Dunkelkammer in ein passendes Rot getaucht. An der Wand standen zwei Wischer, ein

Besen, Putzmittel in Kanistergröße, eine Kaffeemaschine und die Arbeitsschuhe von seinem Vater unter einem blau lackierten Stuhl. Darüber hing ein Rasierspiegel an einer Schlaufe aus Paketschnur. Sie setzten sich, schlossen die Augen, fassten sich bei den Händen, bildeten ein Dreieck, aber hofften, dass von der Welt der Geister und Toten aus besehen ihre Formation wie ein Kreis aussah. Endlich, hatte Devid gedacht, als seine Finger sich um Aglaias feuchte Hand schlossen. Er hatte sich kaum konzentrieren können auf das gemeinsame Ziel, eine geistige, umherirrende, ruhelose Materie an sich zu ziehen, damit sie sich als etwas Fassbares zeigen konnte. Sie warteten auf Josephs Vater. Aglaia hatten sie über dessen Vorleben nicht aufgeklärt.

Ich bin nicht tot, ich wechsele nur die Räume. Ich bin bei euch, ich geh durch eure Träume, flüsterte Devid als Einladung und konzentrierte sich gedanklich auf den Rasierspiegel. Darunter versteckt war die Buchse einer alten Telefonleitung. Die Buchse war tot. Wahrscheinlich würde Josephs toter Vater am liebsten von dort auftreten.

Als nichts geschah, aber die Luft stickiger wurde, fragte Devid in das Rotdunkel des Kabuffs hinein: Ist eine Intelligenz zugegen? Alle drei öffneten in dem Moment die Augen wieder. Joseph und Aglaia warfen sich lachend gegen die Tischkante. Das Marmeladenglas geriet ins Rutschen und balancierte ein, zwei Herzschläge lang auf der Tischkante. Etwas knirschte, als würde jemand versuchen, das Glas zu zerbeißen, bevor es fiel. Ich hab Gänsehaut, flüsterte Aglaia. Sie zog ihren Pullover aus. Hier, schaut! Devid starrte im Rotdunkel auf den Streifen nackter Haut zwischen dem Träger eines Tops und dem eines BHs. Joseph blickte zu Boden. Eine dickflüssige Lache vergrößerte sich träge. Das waren keine gekochten Erdbeeren mehr, die da ausliefen, sondern etwas mit Sterben Kontaminiertes, Ekliges. Das war ein zerplatzter Körper auf Asphalt oder ein Hals, auf dem eben noch ein Kopf gesessen hatte.

Wir hätten Musik mitbringen sollen, irgendetwas mit Hemba-hemba hé, hatte Joseph gesagt. Seine Stimme war fest gewesen, aber ausgesehen hatte er, als hätte er eine Ohrfeige aus dem Jenseits bekommen.

Die Glocke der katholischen Kirche schlug drei Mal. Devid und Katharina saßen nebeneinander auf den gelben Plastikstühlen vor dem Kino. Einen dritten gab es nicht. Schauspielerin also, hatte Devid soeben gesagt und sich so zurückgelehnt, als hätte er für heute nichts anderes vor, als ihr zuzuhören. Gleich bei ihrer Ankunft hatten sie die Wohnung über dem Kino angeschaut und sie für groß genug befunden, um dort zu dritt zu wohnen. Aus einer Wäscherei neben dem Kino roch es nach gemangelter Wäsche, und eine Erinnerung an früher sagte zu Katharina: Willkommen daheim.

Joseph wirkte gelöst, wie er zu ihren Füßen auf der Treppe vor dem Kino saß und die Beine ausstreckte. Sein und ihr Blick verhakten sich ineinander. Wie sie gestern Nacht leise vom Bett aufgestanden und mit nackten Füßen über dunkles Laminat in seine Küche getappt war, um sich etwas zum Trinken zu holen, und wie sie danach eilig wieder unter seine Decke gekrochen war, damit er den Arm um sie legen konnte, falls sie frieren oder sich fürchten würde in der fremden Wohnung, ja, wie er mit der Fürsorge für sie auch sich selbst zu beruhigen schien, bedeutete das nicht, dass etwas zwischen ihnen stimmte? Wenigstens für eine Weile? Lange war das her, dass sie geglaubt hatte, dass die Menschen auch dorthin gehören, wo sie einander antreffen. Gab es das, dass man sesshaft wurde in einer Sehnsucht?

Devid stand auf, um das verrutschte Plakat an der Kinoglastür neu zu befestigen. Während er mit der Faust über den müden Tesastreifen fuhr, sagte Katharina: Ach, Tarkowski, und Joseph darauf: Vorsicht, das ist sein Gott. Damit spielt er gern seinen Saal leer, so oft es geht. Mein Freund Devid hat nämlich einen Hang zur Mystik, sagte Joseph und strich flüchtig über Katharinas Knie. Eines Tages wird er anfangen Stimmen zu hören, die ihm zu Anfang befehlen, überall Wände und Tische zu berühren, um etwas Unsichtbares wegzuwischen. Dann werden sie ihm sagen, dass er auf all seinen Wegen durch die Stadt eine genaue Schrittfolge einhalten muss. Er wird auffallen. Wenn der eine oder andere Bekannte ihn dann vorsichtig fragt, was mit ihm los ist, wird er sagen: Ich weiß nicht genau, ob ich das bin, den Sie da fragen.

Sie lachten alle drei, als hätten sie soeben eine Verschwörung geplant. Devid verschwand im Innern des Kinos, um Kaffee aufzusetzen. Bring Whisky mit, rief Joseph hinter ihm her. Wir müssen auf die Zukunft anstoßen.

Ein älterer Mann in einem offenen Cabrio fuhr vorbei. Auf dem Beifahrersitz posierte ein großer, schlanker Hund mit wehenden langen Ohren und Haaren als Sphinx. Katharina stand von ihrem gelben Plastikstuhl auf und setzte sich neben Joseph auf die Treppe.

Wie du hier sitzt, sagte sie.

Ich habe mich hierhin gesetzt, damit ich dorthin schauen kann.

Er zeigte auf das rot-weiße Band einer Baustelle am oberen

Ende der Straße, die dort in eine größere mündete. Wasserrohrbruch wahrscheinlich, sagte er.

Kein Arbeiter war zu sehen. Nur ein Bus bog von der größeren Straße her ein. Der Fahrer war dick und klemmte hinter seiner Frontscheibe wie ein Pappkamerad. Wieder schlug die Kirchenglocke. Der Ton war hoch, dünn und weit weg. Im Foyer sah Katharina Devid mit einem Kaffeefilter hantieren. Auch ihn rückte das Nachmittagslicht in eine unbestimmte Ferne. War er eigentlich schön, oder war es nur die chronische Müdigkeit in seinem Gesicht, die ihn schön machte?

Joseph stand auf, setzte sich auf Devids Stuhl und legte den Arm um sie. Mit den Nebenkosten gedrittelt, sagte er, kommt jeder von uns drei auf 227 Euro Miete im Monat. Darin enthalten ist auch die Instandhaltungsrücklage, falls mit dem Haus was passiert, dem Dach, den Leitungen oder sonst was. Du bekommst das Zimmer mit dem Balkon.

Wer hat das gesagt?

Devid.

Bevor er mich kannte? Katharina lächelte ihr archaisches Lächeln. So hatte es ein Kollege vom Theater einmal genannt. Stand hier eigentlich irgendwo eine Kamera herum? Würde gleich jemand aus dem Off sagen: Stehen Sie auf, junge Frau, suchen Sie eine Schraubenmutter mit ausreichendem Durchmesser, ziehen Sie ein Stück weißen Stoffs hindurch und werfen Sie sie, aber nur so weit, dass Sie noch sehen können, wo sie landet. Seufzen Sie ruhig, junge Frau, aber folgen Sie dem weißen Band, damit Sie noch ein Weilchen ein Leben in Hoffnung führen können. Ja, Sie können ruhig auch ein Stück nach links aus dem Bild heraus – und die Straße hinaufmarschieren. Ein Kuckuck ruft, Sie haben richtig gehört. Verstehen Sie es so: Er ruft nach Ihnen, während die Kamera zurückbleibt, sich aber ein wenig hebt und so ein Zimmer im ersten Stock sichtbar wird, um das herum ein verfallenes Haus steht. Es ist ein Zimmer mit Balkon, richtig, und es ist eine ungewöhnliche Immobilie. Sie müsste renoviert werden, hat aber einen unschätzbaren Wert für alle, die möbliertes Leben als Gefängnis betrachten. Heimat ist kein Ort, sondern ein Gefühl. Banal, ich weiß, aber werfen Sie Ihre Schraubenmutter, junge Frau, viel Zeit haben Sie nicht mehr, und kommen Sie, dem weißen Band folgend, von rechts ins Bild zurück. Seufzen Sie ruhig, ja, Sie sind einfach einmal im Kreis gelaufen.

Devid kam mit drei Tassen Kaffee aus seinem Kino zurück, und während er mit dem Hintern die Tür nach außen aufstieß, setzte bei der Baustelle ein Stampfer mit der Arbeit wieder ein. Okay, seufzte Katharina laut in den Lärm hinein, dann beginnen wir eben jetzt die Reise zu einem Zimmer mit Balkon.

ICH

Berlin, Sommer 1989. Kurz nach zehn klingelte das Telefon in der Abstellkammer neben dem Probenraum. Der Apparat an der Wand hatte noch eine Wählscheibe. Ein Telefon mit Gesicht. Ich schloss die Tür hinter mir und nahm den Hörer ab.

Ich bin's, sagte Nico, ich kann heute nicht kommen.

Auf der anderen Seite der Tür spielte unsere Musikerin auf dem Akkordeon. Es klang wie Orgel.

Warum, weil Montag ist?, fragte ich.

Nico hatte im vergangenen Jahr geheiratet. Ihre Tochter war vier Monate nach der Hochzeit zur Welt gekommen. Eine knappe Woche nach der Geburt hatte sie bereits wieder mit uns auf der Bühne gestanden. Sie war erschöpft gewesen, aber hatte schön ausgesehen.

Sie haben meinen Klavierlehrer verhaftet, sagte sie.

Was für eine blöde Ausrede, sagte ich.

Sie fing an zu schluchzen, und ich erinnerte mich, dass der Klavierlehrer wie andere Nachbarn auch bei ihrer Hochzeit gewesen war, in Begleitung von Frau und Sohn. Nico hatte an dem Tag eine tüllumwickelte, unwirklich weiße Schultüte statt eines Brautschleiers auf dem Kopf getragen. Wie ein Burgfräulein oder eine Fee hatte sie ausgesehen.

Er hat einer Frau den Kopf abgeschlagen, sagte sie, die Frau war eine Schülerin von ihm.

Ich stieß den Zeigefinger in ein Loch auf der Drehscheibe des Telefons. Außer mir waren in der Abstellkammer anwesend: eine Filterkaffeemaschine des Vermieters, zwei Schrubber, ein Kärcher, zwei Kehrbleche, Eimer, Besen, Putzmittel in Kanistergrößen sowie die Turnschuhe unserer chinesischen Kollegin in Kindergröße unter einem Stuhl. Auf Dinge trifft zu, was auch auf den Tod zutrifft. Sie sagen nichts, wenn man sie fragt.

Sie war Kindergärtnerin, sagte Nico, gestern hat er aus dem Café hier unten bei uns im Haus die Polizei angerufen und sich gestellt. Er saß am Fenster, als sie kamen. Er wartete einfach.

Ich schaute in den kleinen Rasierspiegel neben dem Telefon, wo wir Frauen uns nach der Probe die Lippen nachzogen, bevor wir auf die Straße, zum Rad oder zur S-Bahn liefen.

Nico sagte, in seinem Keller haben sie noch eine zweite Frau gefunden, auch tot.

Da bin ich aber froh, dass du noch lebst, sagte ich.

Mich hätte er ja auch nicht genommen, sagte Nico.

Als ich am Ende der Probe auf die Straße trat, glitt auf dem Hochgleis keine zwanzig Meter entfernt die S-Bahn vorbei, oben Glas, unten Rot, und die Streben zwischen Fenster und Fenster in schmutzigem Ockergelb. Auf dem leeren Parkplatz eines Bürogebäudes gegenüber kehrte ein kleiner grauhaariger Mann, angezogen wie ein Kellner mit weißem Hemd und schwarzen Hosen, zwischen den weißen Parkstreifen Müll zusammen. Die Frau, die bei ihm war, zog ihr Kopftuch tiefer in die Stirn, als sie mich herüberschauen sah. Sie sammelte mit einem Greifer einzelne Kippen auf. Sicher hatten beide in der Heimat alte Obstbäume und Tiere gehabt, von denen sie sich ungern getrennt hatten, und dazu kleine Teegläser mit rot-weißen Untersetzern auf der Bank oder einem runden Tischchen vorm Haus. Sicher beteten sie.

Hatte Nico am Telefon eigentlich den Namen des Klavierlehrers gesagt?

Ich hätte ihn behalten, ganz sicher. Namen von Mördern behält man genauso lange wie die von Fußballspielern.

Als ich weiterging, sah ich, der Sommer bekam bereits braune Ränder.

»Das ist ein wunderbares, kluges, amüsantes, tiefsinniges Buch.«

MANUELA REICHART, DEUTSCHLANDFUNK KULTUR

Wie Innigkeit gelingen kann zwischen den Menschen – gegen viele Widerstände, Zeitverschiebungen und Unwägbarkeiten –, zeigt dieser kluge wie zartfühlende Roman. Mariana Leky beweist erneut, dass sie zu den kraftvollsten Stimmen der deutschen Literatur gehört.

Mariana Leky
WAS MAN VON HIER AUS SEHEN KANN
Roman, 320 Seiten
Auch als eBook
ISBN 978-3-8321-9839-8
€ 20,– (D)

www.dumont-buchverlag.de DUMONT

Hanns-Josef Ortheil

Liebesnähe
Roman

224 Seiten, btb 73977

Ein Mann und eine Frau treffen in einem Hotel im
Alpenvorland ein. Sie bemerken einander und tauschen
von da an – eine Freundin der beiden, sie ist Buchhändlerin
am Ort, hilft ihnen dabei – geheime Zeichen aus. Kleine
Botschaften, Hinweise auf Lektüren und Musikstücke – und
ohne dass die beiden auch nur ein einziges Wort miteinander
wechseln, verwickeln sie sich in das Mysterium der
Annäherung und einer vom Gewohnten und den üblichen
Auseinandersetzungen weit entfernten Liebe, für die nur eines
zählt: die Liebe selber.

»Ein ungewöhnlicher, spannender Roman darüber, wie sich
ein Mann und eine Frau annähern, ohne miteinander zu
sprechen. Es ist eines seiner schönsten Bücher.«
Ulrich Wickert

»Ortheil schreibt die spannendsten und auch poetischsten
deutschen Liebesgeschichten unserer Zeit.«
Gert Scobel / 3satbuchzeit

btb